Translated Language Learning

Alices Abenteuer im Wunderland

이상한 나라의 앨리스의 모험

Lewis Carroll

루이스 캐롤

Deutsch / 한국어

Runter in den Kaninchenbau
토끼굴 아래로

Alice fing an, sehr müde zu werden
앨리스는 몹시 피곤해지기 시작했다
Sie saß neben ihrer Schwester auf der Grasbank
그녀는 풀밭에서 언니 곁에 앉아 있었다
aber sie hatte nichts zu tun
하지만 그녀는 할 수 있는 일이 없었다
Ihre Schwester las ein Buch
그녀의 여동생은 책을 읽고 있었다
Ein- oder zweimal schaute Alice in das Buch
한두 번쯤 앨리스는 책을 들여다보았다
aber das Buch enthielt keine Bilder oder Gespräche
그러나 그 책에는 그림이나 대화가 전혀 없었다
"Was nützt ein Buch ohne Bilder?", dachte Alice
"그림이 없는 책이 무슨 소용이 있겠어?" 앨리스는
생각했다
"Warum sollte ein Buch keine Gespräche führen?"
"왜 책에는 대화가 없을까?"
Aber sie hatte noch andere Dinge zu bedenken
하지만 고려해야 할 다른 사항도 있었다
"Es wäre ein Vergnügen, eine Kette aus Gänseblümchen zu

machen"
"데이지 체인을 만드는 것은 즐거움이 될 것입니다"
"Aber lohnt es sich, aufzustehen und die Gänseblümchen zu pflücken??"
"하지만 일어나서 데이지를 따는 노력이 가치가 있습니까??"
Das war nicht so leicht zu denken
이것은 생각하기가 그리 쉽지 않았습니다
weil sie sich an diesem Tag schläfrig und dumm fühlte
그날이 그녀를 졸리고 바보처럼 만들었기 때문입니다
aber plötzlich wurden ihre Gedanken unterbrochen
그런데 갑자기 그녀의 생각이 중단되었다
ein weißes Kaninchen mit rosa Augen lief nah an ihr vorbei
분홍색 눈을 가진 흰 토끼 한 마리가 그녀 곁을 달려왔다

Es war nichts übermäßig Bemerkenswertes an dem Kaninchen
토끼에 대해 지나치게 눈에 띄는 것은 없었습니다
und Alice fand das Kaninchen auch nicht bemerkenswert
앨리스도 토끼가 대단하다고 생각하지 않았다
auch überraschte es sie nicht, als das Kaninchen sprach
토끼가 말을 했을 때도 그녀는 놀라지 않았다

»O je! Ich werde zu spät kommen!« sagte er zu sich selbst

"이런! 너무 늦을 거야!" 그는 혼잣말을 했다

aber dann tat das Kaninchen etwas, was Kaninchen nicht tun

그런데 토끼가 하지 않는 일을 토끼가 했어요

das Kaninchen zog eine Uhr aus der Westentasche

토끼는 양복 조끼 주머니에서 시계를 꺼냈다

Er schaute auf die Uhr und eilte dann weiter

그는 시간을 보더니 서둘러 길을 나섰다

Alice erhob sich erstaunt

앨리스는 깜짝 놀라 벌떡 일어섰다

Sie hatte noch nie zuvor ein Kaninchen mit Weste gesehen!

그녀는 양복 조끼를 입은 토끼를 본 적이 없었습니다!

noch hatte sie je ein Kaninchen mit einer Uhr gesehen!

시계를 차고 있는 토끼를 본 적도 없었다!

Alice brannte vor neuer Neugierde

앨리스는 새로운 호기심으로 불타오르고 있었다

und sie rannte über das Feld hinter dem Kaninchen her

그녀는 토끼를 쫓아 들판을 가로질러 달렸다

Sie kam gerade noch rechtzeitig, um das Kaninchen verschwinden zu sehen

그녀는 때마침 토끼가 사라지는 것을 보았다

Das Kaninchen hüpfte in einen großen Kaninchenbau hinab

토끼는 커다란 토끼굴로 뛰어 내려갔다

Im nächsten Augenblick stürzte Alice hinter dem Kaninchen her!

또 다른 순간, 앨리스가 토끼를 쫓아 내려갔습니다!

Der Kaninchenbau ging geradeaus wie ein Tunnel

토끼굴은 터널처럼 곧장 이어졌다

und der Tunnel ging noch eine Weile weiter

그리고 터널은 얼마간 계속 이어졌다

und dann senkte sich der Weg plötzlich hinunter

그러다가 갑자기 길이 아래로 내려갔습니다

Alice hatte keinen Augenblick, daran zu denken, ob sie sich zurückhalten sollte

앨리스는 자신을 멈출 생각을 할 틈이 없었다

Sie fiel hin und hinunter und hinunter
그녀는 점점 아래로 떨어지는 자신을 발견했다
Es schien, als sei sie in einen sehr tiefen Brunnen gefallen
마치 아주 깊은 우물에 빠진 것 같았다
Entweder war der Brunnen sehr tief, oder sie fiel sehr langsam
우물이 너무 깊었거나, 아니면 아주 천천히 떨어졌거나, 둘 중 하나였다
denn sie hatte viel Zeit zum Fallen
넘어질 시간이 충분했기 때문이다
Als sie fiel, konnte sie sich umsehen
그녀가 넘어지면서 그녀는 주위를 둘러볼 수 있었다
Zuerst versuchte sie herauszufinden, wohin sie ging
먼저 그녀는 자신이 어디로 가고 있는지 알아내려고 노력했습니다
aber der Brunnen war zu dunkel, um etwas zu sehen
그러나 우물은 너무 어두워서 아무것도 볼 수 없었다
Dann blickte sie auf die Seiten des Brunnens
그러고는 우물의 옆면을 바라보았다
Und sie bemerkte, dass überall um sie herum Schränke standen
그리고 그녀는 그녀 주변에 찬장이 있다는 것을 알아챘습니다
und rings um den Brunnen waren Bücherregale
그리고 우물 주위에는 온통 책꽂이가 있었다
Hier und da sah sie Karten und Bilder, die an Pflöcken hingen
여기저기서 말뚝에 걸려 있는 지도와 그림들을 보았다
Im Vorbeigehen nahm sie ein Glas aus einem der Regale
그녀는 지나가면서 선반 중 하나에서 항아리를 꺼냈다
Das Glas wurde für seinen Inhalt gekennzeichnet
항아리에는 내용물에 대한 라벨이 붙어 있었습니다
"MARMELADE AUS ORANGEN"
"오렌지로 만든 마멀레이드"
Aber zu ihrer großen Enttäuschung war das Marmeladenglas leer

그러나 실망스럽게도 마멀레이드 항아리는 비어
있었습니다

Sie wollte das leere Marmeladenglas nicht fallen lassen

그녀는 빈 마멀레이드 항아리를 떨어뜨리고 싶지 않았다

und ihr Fall war sehr langsam

그리고 그녀의 추락은 매우 느렸다

**So schaffte sie es, das Marmeladenglas in einen der
Schränke zu stellen**

그래서 그녀는 마멀레이드 항아리를 찬장 중 하나에
넣을 수 있었습니다

Nieder, hinunter, hinunter fiel sie!

아래로, 아래로, 아래로 그녀는 쓰러진다!

Würde der Fall jemals ein Ende haben?

언젠가 타락이 끝날 것인가?

Es gab nichts anderes zu tun

달리 할 일이 없었다

so fing Alice bald an, mit sich selbst zu reden

그래서 앨리스는 곧 혼잣말을 하기 시작했다

**»Dinah wird mich heute abend sehr vermissen, sollte ich
meinen!«**

"디나가 오늘 밤 나를 몹시 그리워할 거야,
생각해봐야겠어!"

Dinah war Alices Katze

디나는 앨리스의 고양이였어요

**»Ich hoffe, sie werden sich an ihre Untertasse mit Milch zur
Teezeit erinnern.«**

"티타임에 그녀의 우유 접시를 기억하길 바란다"

**»Dinah, meine Liebe, ich wünschte, du wärst hier unten bei
mir!«**

"디나, 얘야, 너가 나와 함께 여기 있었으면 좋겠어!"

Alice fühlte, als würde sie einschlafen

앨리스는 꾸벅꾸벅 졸고 있는 것 같았다

Und dann plötzlich, dumpf! Bums!

그러다가 갑자기, 쿵! 쿵!

Sie fiel auf einen Haufen Stöcke

그녀는 나뭇가지 더미 위에 쓰러졌다

und sie landete auf einem Haufen trockener Blätter

그리고 그녀는 마른 나뭇잎 더미 위에 내려앉았다

Und endlich war der lange Sturz in das Loch vorbei

그리고 드디어 홀 아래로 길게 떨어지는 것이 끝났습니다

Alice war kein bisschen verletzt

앨리스는 조금도 다치지 않았다

und sie sprang in einem Augenblick auf

그리고 그녀는 순식간에 벌떡 일어섰다

Sie blickte auf, aber es war alles dunkel über ihr

그녀는 위를 올려다보았지만, 머리 위는 온통 어두웠다

Vor ihr lag ein weiterer langer Korridor

그녀 앞에는 또 다른 긴 복도가 있었다

und das weiße Kaninchen war noch in Sicht

그리고 흰 토끼는 여전히 시야에 있었다

Er eilte den Korridor hinunter

그는 서둘러 복도를 걸어가고 있었다

Es war kein Augenblick zu verlieren

한 순간도 허비할 수 없었다

davonlief Alice wie der Wind

앨리스는 바람처럼 달렸다

um die Ecke drehte sich das Kaninchen

모퉁이를 돌면 토끼가 돌아 섰다.

Sie kam gerade noch rechtzeitig, um das Kaninchen zu hören

그녀는 때마침 토끼의 목소리를 들을 수 있었다

"Oh, meine Ohren und Schnurrhaare"

"오, 내 귀와 수염"

"Wie spät es wird!"

"얼마나 늦어지고 있니!"

Sie war dicht hinter dem Kaninchen

그녀는 토끼 뒤에 바짝 붙어 있었다

Sie bog um eine weitere Ecke

그녀는 다른 모퉁이를 돌아섰다

aber das Kaninchen war nicht mehr zu sehen

그러나 토끼는 더 이상 볼 수 없었다

Sie befand sich in einer langen, niedrigen Halle
그녀는 길고 낮은 복도에 있는 자신을 발견했다
Der Saal wurde von einer Reihe von Deckenlampen erleuchtet
홀은 일렬로 늘어선 천장 램프로 불을 밝히고 있었습니다
Überall im Saal gab es Türen
회관 주위에는 온통 문이 있었다
aber alle Türen waren verschlossen
그러나 모든 문은 잠겨 있었다
Sie ging den ganzen Weg an der einen Seite des Flurs hinunter
그녀는 복도 한쪽으로 쭉 걸어 내려갔다
Und sie war den ganzen Weg auf der anderen Seite des Flurs hinaufgegegangen
그리고 그녀는 복도 반대편까지 걸어갔다
Sie hatte jede Tür ausprobiert
그녀는 모든 집을 방문해 보았다
Und sie ging traurig in der Mitte des Saales entlang
그리고 그녀는 슬픈 표정으로 복도 한가운데로 걸어갔다
"Wie komme ich da mal wieder raus?"
"내가 어떻게 다시 나갈 수 있을까?"

Plötzlich stieß sie auf einen kleinen Tisch
갑자기 그녀는 작은 탁자 위로 올라왔다
Der Tisch wurde komplett aus massivem Glas gefertigt
테이블은 전체가 단단한 유리로 만들어졌습니다
Auf dem Tisch lag nichts als ein winziger goldener Schlüssel
탁자 위에는 작은 황금 열쇠 외에는 아무것도 없었습니다
Der Schlüssel könnte zu einer der Türen gehören!
열쇠는 문 중 하나에 있을 수 있습니다!
Aber ach! Einige der Schlösser waren zu groß für die Schlüssel
그러나 슬프게도! 일부 자물쇠는 열쇠에 비해 너무 컸습니다.
und für die anderen Schlösser war der Schlüssel zu klein
그리고 다른 자물쇠의 경우 열쇠가 너무 작았습니다.
aber auf jeden Fall öffnete der Schlüssel keine der Türen
그러나 어쨌든 열쇠는 어떤 문도 열지 않았다
Aber was sollte sie tun?
하지만 그 여자는 어떻게 해야 하였습니까?
Sie ging wieder durch den Saal
그녀는 다시 복도를 통과했다
Und diesmal bemerkte sie einen niedrigen Vorhang
그리고 이번에는 낮은 커튼을 발견했습니다
Hinter dem Vorhang war eine kleine Tür
커튼 뒤에는 작은 문이 있었다
Die Tür war etwa fünfzehn Zoll hoch
문의 높이는 약 15인치였습니다
Sie probierte den kleinen goldenen Schlüssel im Schloss aus
그녀는 자물쇠에 있는 작은 황금 열쇠를 시험해 보았다
Und zu ihrer großen Freude passte der Schlüssel ins Schloss!
그리고 매우 기쁘게도, 열쇠는 자물쇠에 맞았습니다!
Alice öffnete die Tür
앨리스가 문을 열었다
und sie fand, daß die Tür in einen kleinen Korridor führte
그리고 그녀는 작은 복도로 통하는 문을 발견했다

Der Korridor war nicht viel größer als ein Rattenloch
복도는 쥐구멍보다 그리 크지 않았다
Sie kniete nieder und blickte den Korridor entlang
그녀는 무릎을 꿇고 복도를 둘러보았다
Und sie sah den schönsten Garten, den du je gesehen hast
그리고 그녀는 당신이 본 가장 아름다운 정원을
보았습니다
**wie sehr sie sich danach sehnte, aus dieser dunklen Halle
herauszukommen**
그녀는 그 어두운 복도에서 벗어나기를 얼마나
갈망했는지
**wie sie sich wünschte, zwischen diesen leuchtenden Blumen
zu wandern**
그녀는 그 밝은 꽃들 사이를 얼마나 거닐고 싶었는지
Wie cool die Erfrischung dieser Brunnen aussah
그 분수를 상쾌하게 하는 것이 얼마나 시원해 보였는지
**aber sie konnte nicht einmal ihren Kopf durch die Tür
stecken**
하지만 문틈으로 머리조차 들어갈 수 없었다
»Oh,« sagte Alice traurig
"아," 앨리스가 슬픈 목소리로 말했다
**»wie sehr wünschte ich, ich könnte mich zusammenfalten
wie ein Fernrohr!«**
"망원경처럼 접을 수 있다면 얼마나 좋을까!"
**"Ich glaube, ich könnte mich zusammenfalten wie ein
Teleskop"**
"망원경처럼 접을 수 있을 것 같아요"
"Wenn ich nur wüsste, wie ich anfangen sollte"
"시작하는 방법을 알았더라면"
Alice ging zurück an den Tisch
앨리스는 다시 테이블로 돌아갔다
**Es bestand die Möglichkeit, einen weiteren Schlüssel zu
finden**
다른 열쇠를 찾을 수 있는 기회가 있었습니다
Oder es gibt ein Buch mit Regeln
또는 규칙서가 있을 수도 있습니다

Das Buch könnte ihr sagen, wie man sich wie ein Teleskop zusammenfaltet

책은 그녀에게 망원경처럼 접는 방법을 알려줄 수 있었다

Diesmal fand sie ein Fläschchen

이번에는 작은 병을 찾았습니다

"Diese Flasche war gewiß vorher nicht hier," sagte Alice

"이 병은 분명 전에 여기에 없었던 거야." 앨리스가 말했다

Und um den Flaschenhals war ein Papieretikett gebunden

그리고 병의 목에는 종이 라벨이 묶여 있었습니다

Das Etikett war wunderschön in großen Buchstaben gedruckt

라벨은 큰 글씨로 아름답게 인쇄되어 있었습니다

"TRINK MICH"

"나를 마셔라"

»Nein, ich werde erst nachsehen«, sagte sie

"아뇨, 먼저 볼게요." 그녀가 말했다

"Ich werde sehen, ob die Flasche als giftig gekennzeichnet ist oder nicht."

"병에 독이 있는지 없는지 확인하겠습니다."

weil sie die Lektion über das Gift nie vergessen hat

독약에 대한 교훈을 결코 잊지 않았기 때문이다

"Wenn eine Flasche als giftig gekennzeichnet ist, wird sie Ihnen bestimmt nicht zustimmen"

"병에 독성이 있다는 라벨이 붙어 있다면, 그것은 당신의 의견에 동의하지 않을 수밖에 없습니다"

Diese Flasche war jedoch nicht als giftig gekennzeichnet

그러나 이 병에는 독이 있는 것으로 표시되어 있지 않았습니다

so wagte Alice es, den Inhalt der Flasche zu kosten

그래서 앨리스는 용기를 내어 병의 내용물을 맛보았습니다

Sie fand die Flüssigkeit ganz nach ihrem Geschmack

그녀는 그 액체가 아주 마음에 들었다

Das Getränk hatte einen gemischten Geschmack

그 음료는 일종의 혼합 된 맛이있었습니다
Kirschkuchen, Vanillepudding und Ananas
체리 타르트, 커스터드, 파인애플
Gebratener Truthahn, Toffee und Toast mit heißer Butter
칠면조, 토피 구이, 뜨거운 버터로 토스트
und bald trank sie die Flasche aus
그리고 그녀는 곧 병을 다 마셨다
"Was für ein merkwürdiges Gefühl!" sagte Alice
"참 신기한 느낌이야!" 앨리스가 말했다
"Ich klappe mich zusammen wie ein Teleskop!"
"나는 망원경처럼 접히고 있다!"
Und sie faltete sich tatsächlich zusammen wie ein Teleskop!
그리고 그녀는 정말로 망원경처럼 접혀 있었습니다!
Sie war jetzt nur noch zehn Zentimeter groß
그녀의 키는 이제 겨우 10인치에 불과했다
und ihr Gesicht erhellte sich bei ihren Gedanken
그녀의 생각에 얼굴이 밝아졌다
Jetzt hatte sie die richtige Größe für das Türchen
이제 그녀는 작은 문에 적합한 크기였습니다
Jetzt konnte sie in diesen schönen Garten gehen
이제 그녀는 그 아름다운 정원에 들어갈 수 있었다
Bald hörte sie auf, kleiner zu werden
얼마 지나지 않아 그녀는 더 이상 작아지지 않았다
Sie beschloß, sofort in den Garten zu gehen
그녀는 당장 정원으로 들어가기로 했다
aber wehe der armen Alice!
그러나 슬프게도, 불쌍한 앨리스에게!
Sie kam zur Tür
그녀는 문에 도착했다
Aber sie hatte den kleinen goldenen Schlüssel vergessen
하지만 그녀는 그 작은 황금 열쇠를 잊어버렸다
Sie ging zurück zum Tisch, um den Schlüssel zu holen
그녀는 열쇠를 찾으러 테이블로 돌아갔다
aber sie merkte, daß sie nicht hoch genug greifen konnte
그러나 그녀는 자신이 충분히 높이 올라갈 수 없다는
것을 알게 되었습니다

Sie konnte den Schlüssel ganz deutlich durch das Glas sehen

그녀는 유리를 통해 열쇠를 아주 분명하게 볼 수 있었다

Sie versuchte, die Beine des Tisches hinaufzuklettern

그녀는 탁자의 다리를 기어오르려 했다

Aber das Glas war viel zu rutschig

그러나 유리는 너무 미끄럽습니다

Irgendwann erschöpfte sie sich mit dem Versuch

결국 그녀는 노력으로 지쳐 버렸다

Und das arme kleine Mädchen setzte sich hin und weinte

그리고 가엾은 소녀는 주저앉아 울었다

Alice sprach ziemlich scharf mit sich selbst

앨리스는 다소 날카롭게 혼잣말을 했다

"Komm, es hat keinen Zweck, so zu weinen!"

"이리 와, 그렇게 울어봐야 소용없어!"

"Ich rate dir, gleich aufzuhören!"

"지금 당장 멈추는 게 좋겠어!"

Sie gab sich im Allgemeinen sehr gute Ratschläge

그녀는 대체로 스스로에게 아주 좋은 충고를 해주었다

obwohl sie nur sehr selten ihren eigenen Rat befolgte

그녀는 자신의 충고를 거의 따르지 않았지만

und sie war manchmal zu streng mit sich selbst

그리고 그녀는 때때로 자신에게 너무 가혹했다

und ihre Worte trieben ihr Tränen in die Augen

그녀의 말에 그녀의 눈에는 눈물이 고였다

Bald fiel ihr Blick auf einen kleinen Glaskasten

이윽고 그녀의 시선은 작은 유리 상자에 꽂혔다

Der kleine Glaskasten lag unter dem Tisch

작은 유리 상자는 탁자 밑에 놓여 있었다

In dem Glaskasten befand sich ein sehr kleiner Kuchen

유리 상자 안에는 아주 작은 케이크가 들어 있었습니다

Auf dem Kuchen waren einige Worte schön geschrieben

케이크 위에는 몇 가지 단어가 아름답게 쓰여져 있습니다

die Worte waren in Johannisbeeren markiert worden

그 단어는 건포도로 표시되어 있었다

"MICH ESSEN"
"나를 먹어라"
"Nun, ich werde den Kuchen essen," sagte Alice
"그럼, 케이크는 내가 먹을게." 앨리스가 말했다
"Und wenn mich der Kuchen größer werden lässt, kann ich
den Schlüssel erreichen"
"그리고 케이크가 나를 더 크게 만든다면, 나는 열쇠에
닿을 수 있어"
"Und wenn mich der Kuchen kleiner werden lässt, kann ich
unter die Tür kriechen"
"그리고 케이크가 나를 더 작게 만든다면, 나는 문
아래로 기어들어갈 수 있어"
"Also so oder so komme ich in den Garten"
"그러니까 어쨌든 나는 정원으로 들어갈 거야"
"Und es ist mir egal, was von beidem passiert!"
"그리고 나는 둘 중 어느 것이 일어나든 상관하지 않아!"
Sie aß ein wenig von dem Kuchen
그녀는 케이크를 조금 먹었다
und sie sprach ängstlich zu sich selbst:
그리고 그녀는 걱정스럽게 혼잣말을 했다.
"In welche Richtung? In welche Richtung?"
"어느 쪽이요? 어느 쪽으로?"
und sie hielt die Hand auf den Kopf
그리고 그녀는 그녀의 머리에 손을 얹었다
Sie wollte spüren, in welche Richtung sie wuchs
그녀는 자신이 어떤 방식으로 성장하고 있는지 느끼고
싶었습니다
Sie war ganz überrascht, als sie erfuhr, was geschehen war
그녀는 무슨 일이 있었는지 알고는 매우 놀랐습니다
Sie war gleich groß geblieben!
그녀는 같은 크기를 유지하고 있었습니다!
Also verdoppelte sie dieses Mal ihre Bemühungen
그래서 이번에는 노력을 두 배로 늘렸습니다
Und bald war der ganze Kuchen fertig
그리고 곧 그녀는 전체 케이크를 완성했습니다

Der Pool der Tränen
눈물의 웅덩이

"Das wird immer interessanter!" rief Alice

"이거 점점 더 흥미로워지고 있어!" 앨리스가 소리쳤다

Man kann sehen, dass sie sehr überrascht war

그녀가 매우 놀랐다는 것을 알 수 있습니다

"Ich öffne mich wie das größte Teleskop, das es je gab!"

"나는 이제껏 존재했던 가장 큰 망원경처럼 펼쳐지고 있다!"

»Auf Wiedersehen, Füße! Oh, meine armen kleinen Füße"

"안녕, 발! 오, 나의 불쌍한 작은 발이여"

"Ich frage mich, wer euch jetzt die Schuhe anziehen wird, meine Lieben?"

"이제 누가 너를 위해 신발을 신어 줄지 궁금하구나, 얘들아?"

»und ich frage mich, wer Ihre Strümpfe anziehen wird?«

"그리고 누가 당신의 스타킹을 신을지 궁금합니다."

"Ich werde viel zu weit weg sein"

"나는 너무 멀리 떨어져 있을 것이다"

"Ich werde mich nicht mehr um dich kümmern können"

"더 이상 너 때문에 괴로워하지 않을 거야"

In diesem Augenblick schlug ihr Kopf gegen etwas

바로 이 순간 그녀의 머리가 무언가에 부딪혔다

Sie hatte das Dach des Saales erreicht

그녀는 복도의 지붕에 도착했다

Tatsächlich war sie jetzt mehr als zwei Meter groß

사실, 그녀의 키는 이제 2미터가 넘었습니다

und sie ergriff sogleich den kleinen goldenen Schlüssel

그리고 그녀는 즉시 작은 황금 열쇠를 집어 들었다

und sie eilte zur Gartentür

그리고 그녀는 서둘러 정원 문으로 갔다

Arme Alice! Es gab nicht viel, was sie tun konnte

불쌍한 앨리스! 그녀가 할 수 있는 일은 많지 않았다

Sie legte sich auf die Seite

그녀는 한쪽으로 누웠다

Und sie blickte mit einem Auge in den Garten hinein

그리고 그녀는 한쪽 눈으로 정원을 들여다보았다

Aber durchzukommen war hoffnungsloser denn je

하지만 이를 헤쳐 나가는 것은 그 어느 때보다도 절망적이었다

Sie setzte sich und fing wieder an zu weinen

그녀는 주저앉더니 다시 울기 시작했다

Sie fuhr fort, literweise Tränen zu vergießen

그녀는 계속해서 눈물을 흘렸다

Bald war ein großer Pool um sie herum

얼마 지나지 않아 그녀 주위에는 커다란 웅덩이가 생겼습니다

und das Wasser reichte bis zur Hälfte des Flurs

그리고 물은 복도 반쯤 내려갔다

Nach einer Weile hörte sie ein leises Getrappel von Füßen

잠시 후, 발이 덜컹거리는 소리가 들렸다

Sie hörte die Füße aus der Ferne kommen

멀리서 발소리가 들렸다

Und sie trocknete sich hastig die Augen, um zu sehen, was kommen würde

그리고 그녀는 무슨 일이 일어날지 보려고 황급히 눈을 닦았다

Es war das weiße Kaninchen, das zurückkehrte

흰 토끼가 돌아왔다
Er war prächtig gekleidet
그는 화려하게 차려입고 있었다
Er hatte ein Paar weiße Handschuhe in der einen Hand
그는 한 손에 흰 장갑을 끼고 있었다
Und in der anderen Hand hatte er einen großen Federfächer
그리고 다른 손에는 커다란 깃털 부채를 들고 있었다
Er kam in großer Eile dahergetrabt
그는 매우 서둘러 걸어왔다
und er murmelte vor sich hin: »Ach! die Herzogin, die Herzogin!«
그는 혼잣말로 중얼거렸다. 공작 부인, 공작 부인!"
»Ach! wird sie nicht wild sein, wenn ich sie habe warten lassen?«
"아! 내가 그녀를 기다리게 했다면 그녀는 야만적이 되지 않을까!"

Als das Kaninchen in ihre Nähe kam, sprach Alice
토끼가 가까이 왔을 때, 앨리스가 말했다
aber sie sprach mit leiser, schüchterner Stimme
하지만 그녀는 낮고 소심한 목소리로 말했다

"Sir, bitte hören Sie für einen Moment auf, was Sie tun"
"선생님, 제발 하던 일을 잠시 멈추세요"
Das Kaninchen erschrak heftig
토끼는 몹시 놀랐다
Er ließ die weißen Handschuhe und den Federfächer fallen
그는 흰 장갑과 깃털 부채를 떨어뜨렸다
und er eilte fort in die Dunkelheit, so schnell er konnte
그리고 그는 가능한 한 빨리 어둠 속으로 허둥지둥 달아났다
Alice hob den Federfächer und die Handschuhe auf
앨리스는 깃털 부채와 장갑을 집어 들었다
Und sie fächelte sich immer wieder Luft zu, während sie sprach
그리고 그녀는 계속 말하면서 자신을 부채질했다
»Liebes, liebes Kind! Wie seltsam ist das alles heute!"
"여보, 여보! 오늘은 모든 것이 얼마나 이상한가!"
"Gestern ging es weiter wie bisher"
"어제는 모든 것이 평소와 다름없이 진행되었습니다"
"War ich heute Morgen noch so, als ich aufgestanden bin?"
"오늘 아침에 일어났을 때도 나도 같았을까?"
"Aber wenn ich nicht mehr derselbe bin, dann ist das eine andere Frage"
"하지만 내가 같지 않다면 또 다른 질문이 있습니다."
"Wer in aller Welt bin ich?"
"나는 도대체 누구인가?"
"Ah, das ist das große Rätsel!"
"아, 정말 대단한 퍼즐이네요!"
Während sie das sagte, blickte sie auf ihre Hände hinunter
그녀는 이렇게 말하면서 자신의 손을 내려다보았다
Sie trug einen der kleinen weißen Handschuhe des Kaninchens
그녀는 토끼의 작은 흰 장갑 중 하나를 끼고 있었다
Sie hatte nicht bemerkt, dass sie den Handschuh angezogen hatte, während sie sprach
그녀는 이야기하는 동안 장갑을 낀 것을 눈치채지 못했다

"Wie konnte ich das machen?" dachte sie

"내가 어떻게 그럴 수 있지?" 그녀는 생각했다

"Ich muss wieder klein werden"

"나는 다시 작아지고 있는 것이 틀림없다"

Sie stand auf und ging zum Tisch, um ihre Größe zu messen

그녀는 일어나서 자신의 키를 측정하기 위해 테이블로 갔다

Sie stellte fest, dass sie jetzt etwa einen halben Meter groß war

그녀는 이제 자신의 키가 약 50미터라는 것을 알게 되었습니다

und sie schrumpfte immer noch schnell

그리고 그녀는 여전히 빠르게 줄어들고 있었다

Bald fand sie heraus, was die Ursache für das Schrumpfen war

그녀는 곧 수축의 원인이 무엇인지 알게 되었습니다

Der Federfächer machte sie wieder kleiner!

깃털 부채가 그녀를 다시 작게 만들고 있었다!

Und sie ließ hastig den Federfächer fallen

그리고 그녀는 황급히 깃털 부채를 떨어뜨렸다

Sie ließ den Federfächer gerade noch rechtzeitig fallen, um sich zu retten

그녀는 자신을 구하기 위해 때마침 깃털 부채를 떨어뜨렸다

Hätte sie sich noch länger Luft zugefächelt, wäre sie völlig zusammengeschrumpft

그녀가 더 이상 부채질을 하지 않았더라면 그녀는 완전히 움츠러들었을 것이다

»Das war ein knappes Entkommen!« sagte Alice

"그건 아슬아슬한 탈출이었어!" 앨리스가 말했다

und sie erschrak sehr über die plötzliche Veränderung

그리고 그녀는 갑작스런 변화에 상당히 겁을 먹었다

aber sie war sehr froh, daß sie noch da war

그러나 그녀는 자신이 아직 살아 있다는 것을 알게 되어 매우 기뻤다

"Und jetzt ab in den Garten!"

"자, 이제 정원으로 가자!"

Und sie lief mit aller Geschwindigkeit zurück zu der kleinen Tür

그리고 그녀는 전속력으로 작은 문으로 달려갔다

Aber ach! Das Türchen wurde wieder geschlossen

그러나 슬프게도! 작은 문이 다시 닫혔다

Und das goldene Schlüsselchen lag wieder auf dem Glastisch

그리고 작은 황금 열쇠는 다시 유리 탁자 위에 놓여 있었다

"Es ist schlimmer als je!" dachte das arme Kind

"상황은 그 어느 때보다도 나쁘다"고 가엾은 아이는 생각했다

"So klein war ich noch nie, niemals!"

"나는 이렇게 작았던 적이 없었어, 절대로!"

Bei diesen Worten rutschte ihr Fuß aus

그녀가 이 말을 하는 동안, 그녀의 발이 미끄러졌다

Und im nächsten Augenblick gab es ein großes Plätschern!

그리고 또 다른 순간에 큰 물방울이 튀었습니다!

Sie stand bis zum Kinn im Salzwasser

그녀는 턱까지 차오른 소금물에 잠겨 있었다

Ihre erste Idee war, dass sie irgendwie ins Meer gefallen war

그녀의 첫 번째 생각은 그녀가 어떻게든 바다에 빠졌다는 것이었습니다

Sie erkannte jedoch bald, worin sie sich befand

하지만 그녀는 곧 자신이 어떤 상황에 처해 있는지 깨달았습니다

Sie war in einer Tränenlache

그녀는 눈물 웅덩이에 빠져 있었다

die Tränen, die sie geweint hatte, als sie zwei Meter groß war

키가 2미터쯤 되었을 때 흘렸던 눈물

In diesem Augenblick hörte sie etwas
바로 그때 무언가가 들렸다
Etwas plätscherte im Pool herum
수영장에서 무언가가 튀고 있었다
Das Plätschern kam aus einiger Entfernung
튀는 소리는 조금 떨어진 곳에서 나왔습니다
und sie schwamm näher, um zu sehen, was das Plätschern war
그리고 그녀는 물이 튀는 것이 무엇인지 보려고 더 가까이 헤엄쳐 갔다
Bald sah sie, dass es nur eine kleine Maus war
그녀는 곧 그것이 단지 작은 쥐에 불과하다는 것을 알았습니다
Auch die kleine Maus war ins Wasser geschlüpft
작은 쥐도 물속으로 미끄러져 들어갔다
Alice dachte bei sich über die Situation nach
앨리스는 그 상황에 대해 속으로 생각했다
"Würde es etwas nützen, mit dieser Maus zu sprechen?"
"이 쥐에게 말을 걸어도 소용이 있겠는가?"
"Hier unten steht alles auf dem Kopf"

"여기는 모든 것이 너무 거꾸로 되어 있습니다."
"Ich denke, es ist sehr wahrscheinlich, dass diese Maus sprechen kann."
"나는 이 쥐가 말을 할 수 있을 가능성이 매우 높다고 생각해야 한다."
"Es schadet jedenfalls nicht, es zu versuchen"
"어쨌든, 노력하는 것은 나쁠 것이 없습니다"
Also begann sie zu versuchen, mit der Maus zu sprechen
그래서 그녀는 쥐와 대화를 시도하기 시작했습니다
"Oh Maus, kennst du den Weg aus diesem Pool?"
"오 마우스, 이 수영장에서 나가는 길을 아세요?"
"Ich bin es leid, hier herumzuschwimmen, oh Maus!"
"여기서 수영하느라 너무 지쳤어, 오 생쥐야!"
Die Maus schaute sie ziemlich neugierig an
생쥐는 다소 호기심 어린 눈빛으로 그녀를 바라보았다
Die Maus schien mit einem ihrer kleinen Augen zu blinzeln
쥐는 작은 눈 하나로 윙크하는 것 같았다
Aber die kleine Maus sagte nichts
그러나 작은 쥐는 아무 말도 하지 않았다
"Vielleicht versteht die Maus kein Englisch!" dachte Alice
"아마 쥐가 영어를 이해하지 못할지도 몰라." 앨리스는 생각했어요
"Ich wage zu behaupten, es ist eine französische Maus"
"감히 프랑스 쥐라고 말할 수 있습니다."
"Vielleicht kam diese Maus mit Wilhelm dem Eroberer herüber"
"어쩌면 이 쥐는 정복자 윌리엄과 함께 왔을지도 모른다"
Also fing sie wieder an, auf Französisch
그래서 그녀는 프랑스어로 다시 시작했다
"Wo ist meine Katze?", fragte sie auf Französisch
"내 고양이는 어디 있어요?" 그녀는 프랑스어로 물었다
es war der erste Satz in ihrem französischen Unterrichtsbuch
그녀의 프랑스어 수업 책의 첫 문장이었다
Die Maus machte einen plötzlichen Sprung aus dem Wasser
생쥐는 갑자기 물 밖으로 뛰어내렸다
Und die Maus schien am ganzen Leibe vor Schreck zu

zittern
그리고 쥐는 겁에 질려 온몸을 떨고 있는 것 같았다
"Oh, ich bitte um Verzeihung!" rief Alice hastig
"아, 용서를 구하네!" 앨리스가 황급히 외쳤다
Sie fürchtete, sie habe die Gefühle des armen Tieres verletzt
그녀는 자신이 그 불쌍한 동물의 감정을 상하게 할까 봐
두려웠다
"Ich habe ganz vergessen, dass du keine Katzen magst"
"네가 고양이를 좋아하지 않는다는 걸 꽤 잊었어"
"Ich mag keine Katzen!" rief die Maus mit schriller,
leidenschaftlicher Stimme
"나는 고양이를 좋아하지 않아!" 생쥐가 날카롭고
열정적인 목소리로 외쳤다
"Hättest du gerne Katzen, wenn du ich wärst?"
"당신이 나라면 고양이를 좋아할까요?"
Alice tröstete die Maus in einem beruhigenden Ton
앨리스는 달래는 어조로 쥐를 위로했다
"Naja, vielleicht würde ich an deiner Stelle auch keine
Katzen mögen"
"글쎄, 아마 나도 너라면 고양이를 좋아하지 않을지도
몰라"
"Bitte ärgern Sie sich nicht über die Erwähnung von Katzen"
"고양이 얘기에 화내지 말아주세요"
"Und doch wünschte ich, ich könnte dir unsere Katze Dina
zeigen"
"그래도 우리 고양이 디나를 보여줄 수 있으면
좋겠어요."
"Wenn du sie treffen würdest, würdest du wohl Gefallen an
Katzen finden"
"당신이 그녀를 만난다면 나는 당신이 고양이를 좋아할
것이라고 생각합니다."
"Wenn du sie nur sehen könntest"
"그녀를 볼 수만 있다면"
"Sie ist so ein liebes, stilles Ding"
"그녀는 정말 소중하고 조용한 존재입니다"
Die Maus zitterte am ganzen Körper

쥐는 온몸이 떨리고 있었다
Alice war sich sicher, dass die Maus wirklich beleidigt sein musste
앨리스는 그 쥐가 정말로 기분이 상했을 것이라고 확신했다
"Wir reden nicht mehr über sie, wenn du lieber nicht willst"
"더 이상 그녀에 대해 얘기하지 않을 거야, 차라리 안 얘기하고 싶다면"
"Wir, allerdings!" rief die Maus
"정말로!" 쥐가 소리쳤다
Die Maus zitterte bis zum Ende ihres Schwanzes
쥐는 꼬리 끝까지 떨고 있었다
»Als ob ich über so ein Thema reden würde!«
"마치 그런 주제에 대해 이야기할 것처럼!"
"Unsere Familie hat Katzen schon immer gehasst"
"우리 가족은 항상 고양이를 싫어했어요"
"Katzen; Gemeine, niedrige, gemeine Dinger!"
"고양이; 더럽고, 저열하고, 저속한 것들!"
"Laß mich den Namen nicht noch einmal hören!"
"다시는 그 이름을 듣지 못하게 해!"
"Katzen will ich ja nicht mehr erwähnen!" sagte Alice
"다시는 고양이 얘기하지 않을게요!" 앨리스가 말했다
Sie hatte es sehr eilig, das Thema zu wechseln
그녀는 몹시 서둘러 화제를 바꿨다
"Bist du... Lieben Sie Hunde?«
"당신은... 너 개 좋아하니?"
"Es gibt so einen netten kleinen Hund in der Nähe unseres Hauses."
"우리 집 근처에 정말 착한 작은 개가 있어요."
"Ich möchte dir den kleinen Hund zeigen!"
"작은 개를 보여주고 싶어요!"
"Dieser kleine Hund tötet alle Ratten und...
"이 작은 개는 모든 쥐를 죽이고...
»O je!« rief Alice in traurigem Tone
"오, 이런!" 앨리스가 슬픈 목소리로 외쳤다
»Ich fürchte, ich habe dich schon wieder beleidigt!«

"내가 또 너를 화나게 할까 봐 두렵구나!"
Die Maus schwamm so schnell sie konnte von ihr weg
쥐는 가능한 한 빨리 그녀에게서 헤엄쳐 멀어지고
있었다
Und die Maus machte einen ziemlichen Aufruhr im Tümpel
그리고 쥐는 수영장에서 꽤 소란을 일으켰습니다
Da rief sie leise der Maus nach
그래서 그녀는 조용히 쥐를 불렀다
"Meine liebe Maus, komm bitte zurück!"
"내 소중한 쥐야, 제발 돌아와!"
"Und wir werden nicht über Katzen sprechen"
"그리고 우리는 고양이 얘기하지 않을 거야"
"Und über Hunde müssen wir auch nicht reden"
"그리고 우리는 개 얘기를 할 필요도 없어요"
Als die Maus das hörte, drehte sie sich um
이 말을 들은 쥐는 돌아섰습니다
Und die kleine Maus schwamm langsam zu ihr zurück
그리고 작은 쥐는 천천히 헤엄쳐 그녀에게 돌아왔다
Das Gesicht der Maus war ganz blaß
쥐의 얼굴은 꽤 창백했다
Und die Maus sprach mit leiser, zitternder Stimme
그리고 쥐는 낮고 떨리는 목소리로 말했다
"Lasst uns ans Ufer gehen"
"바닷가로 가자"
"Und dann erzähle ich dir meine Geschichte"
"그럼 내 역사를 말해줄게"
"Und du wirst verstehen, warum ich Katzen und Hunde hasse"
"그리고 당신은 왜 내가 고양이와 개를 싫어하는지
이해할 것입니다."
Es war höchste Zeit zu gehen
갈 때가 된 것이다
weil der Pool ziemlich voll wurde
수영장이 꽤 붐비고 있었기 때문에
Andere Vögel und Tiere waren in den Pool gefallen
다른 새들과 동물들이 웅덩이에 빠진 것이다

es gab eine Ente und einen Dodo

오리와 도도새가있었습니다

und da waren ein Lory-Vogel und ein Adler

그리고 로리 새와 독수리가있었습니다

und es gab noch einige andere interessant aussehende Kreaturen

그리고 몇 가지 다른 흥미로운 생물이있었습니다

Alice führte den Weg aus dem Pool

앨리스는 수영장 밖으로 나가는 길을 안내했습니다

und die ganze Gesellschaft der Tiere schwamm ans Ufer

그러자 한 무리의 동물들이 모두 물가로 헤엄쳐 갔다

<h1 style="text-align:center">Ein Caucus-Rennen und ein langer Schwanz</h1>

코커스 레이스와 롱테일

Es waren in der Tat ein lustig aussehender Haufen Tiere

그들은 정말로 우스꽝스럽게 생긴 동물 무리였습니다

und sie versammelten sich alle am Ufer des Wassers

그들은 모두 물가에 모였다

die Vögel hatten alle zerzauste Federn

새들은 모두 깃털이 휘날리고 있었다

und die pelzigen Tiere waren durchnässt

그리고 털이 복슬복슬한 동물들은 온몸에 흠뻑 젖었다

und alle waren triefend nass, genervt und unwohl

그리고 모든 것이 뚝뚝 떨어지고 짜증이 나고
불편했습니다

Es gab eine Frage, die zuerst beantwortet werden musste

먼저 대답해야 할 질문이 하나 있었습니다

Was ist der beste Weg für alle, um trocken zu werden?

모든 사람이 건조해지는 가장 좋은 방법은 무엇입니까?

Sie hatten eine Konsultation zu diesem Thema

그들은 이 문제에 대해 상의하였다

Bald waren sie alle auf vertrautem Einvernehmen

얼마 지나지 않아 그들은 모두 익숙한 사이가 되었다

Es war, als ob sie sie ihr ganzes Leben lang gekannt hätte

마치 평생 그들을 알고 지낸 것 같았다

Die Maus schien eine Person mit einer gewissen Autorität zu sein

그 쥐는 어떤 권위를 가진 사람인 것 같았다

"Setzt euch, ihr alle, und hört mir zu!

"여러분 모두 앉아서 내 말을 들어라!

"Ich werde euch bald wieder alle trocken machen!"

"곧 너희들을 다시 말리게 할 거야!"

Sie setzten sich alle auf einmal in einem großen Ring nieder

그들은 모두 동시에 커다란 고리 모양으로 앉았다

Und die kleine Maus saß in der Mitte

그리고 작은 쥐는 중간에 앉았습니다

"Ähm!" sagte die Maus mit einer wichtigen Miene

"에헴!" 생쥐가 의미심장한 어조로 말했다

"Seid ihr bereit?"

"준비됐어?"

"Das ist das Trockenste, was ich kenne"

"이것은 내가 아는 가장 건조한 것입니다"

»Schweigen Sie ringsum, wenn Sie wollen!«

"원하신다면 사방에서 조용히 하세요!"

"Wilhelm der Eroberer wurde vom Papst begünstigt"

"정복왕 윌리엄은 교황의 총애를 받았다"

"aber er wurde bald von den Engländern unterworfen"

"그러나 그는 곧 영국인들에게 복종했다"

"Sie wollten in letzter Zeit Führer"

"그들은 후기의 지도자를 원했다"

"Und sie waren an Macht und Eroberung gewöhnt"

"그들은 권력과 정복에 익숙해져 있었더라"

"Edwin und Morcar, die Grafen von Mercia und Northumbria"

"에드윈과 모르카, 머시아와 노섬브리아 백작"

»Pfui!« sagte der Lori-Vogel mit einem Schauer

"으윽!" 로리 새가 떨리는 목소리로 말했다

"und sogar Stigand, der patriotische Erzbischof von Canterbury"

"그리고 애국적인 캔터베리 대주교인 스티간드까지"

"Er fand es auch ratsam"

"그는 또한 그것이 바람직하다는 것을 알았다"
"Was hielt er für ratsam?" fragte die Ente
"어떤 게 좋을까요?" 오리가 말했다
"Er fand es ratsam", antwortete die Maus ziemlich verärgert
"그는 그것이 바람직하다고 생각했습니다." 쥐는 다소
무뚝뚝하게 대답했다
aber die Ente war nicht zufrieden
그러나 오리는 만족하지 않았습니다
"Natürlich weißt du, was 'es' bedeutet"
"물론, 당신은 '그것'이 무엇을 의미하는지 알고
있습니다."
"Ich weiß, was es ist, wenn ich etwas finde," sagte die Ente
"나는 물건을 찾으면 '그것'이 무엇인지 안다." 오리가
말했다
"Es ist in der Regel ein Frosch oder ein Wurm"
"일반적으로 개구리나 벌레입니다"
"Die Frage ist, was hat der Erzbischof gefunden?"
"문제는, 대주교가 무엇을 발견했는가 하는 것입니다."
Die Maus bemerkte diese Frage nicht
마우스는이 질문을 알아 차리지 못했습니다
Stattdessen fuhr die Maus hastig mit der Rede fort
대신, 쥐는 서둘러 말을 계속했다
"Er fand es ratsam, mit Edgar Atheling zu gehen"
"그는 Edgar Atheling과 함께 가는 것이 바람직하다는
것을 알았습니다."
"um William zu treffen und ihm die Krone anzubieten"
"윌리엄을 만나 왕관을 드리기 위해"
fuhr die Maus fort und wandte sich dabei an Alice
생쥐는 앨리스를 향해 몸을 돌리며 말을 이었다
»Wie geht es dir jetzt, meine Liebe?«
"여보, 지금 어떻게 지내고 있니?"
»So naß wie immer,« sagte Alice in melancholischem Tone
"여느 때처럼 젖었어," 앨리스가 우울한 어조로 말했다
**"Diese Geschichte scheint mich überhaupt nicht
auszutrocknen"**
"이 이야기는 나를 전혀 건조시키지 않는 것 같아"

»In diesem Falle,« sagte der Dodo feierlich und erhob sich

"그렇다면," 도도새가 엄숙하게 말하며 일어섰다

"Ich stimme dafür, dass die Sitzung vertagt wird"

"회의를 폐회할 것을 투표합니다."

"und ich schlage vor, sofort energischere Heilmittel zu ergreifen"

"그리고 나는 더 적극적인 치료법을 즉각 채택할 것을 제안한다."

"Sprich wahre Worte!" sagte der Adler

"진짜 말을 해!" 독수리가 말했다

"Ich weiß nicht, was die Hälfte dieser langen Worte bedeutet"

"그 긴 단어의 절반의 의미를 모릅니다"

»und außerdem glaube ich nicht, daß Sie es wissen!«

"그리고 더군다나, 너도 안다고는 생각하지 않아!"

»Was ich sagen wollte«, sagte der Dodo in beleidigtem Ton

"무슨 말을 하려던 건지." 도도새가 기분 나빠하는 어조로 말했다

"Das Beste, was uns trocken kriegt, wäre ein Caucus-Rennen"

"우리를 말리는 가장 좋은 방법은 코커스 경선일 것이다"

»Was ist ein Caucus-Rennen?« fragte Alice

"코커스 레이스가 뭐야?" 앨리스가 말했다

"Nun", sagte der Dodo, "der beste Weg, es zu erklären, ist, es zu tun."
"글쎄요," 도도새가 말했다, "그것을 설명하는 가장 좋은 방법은 직접 해보는 것입니다."
"Zuerst steckte der Dodo eine Rennbahn ab"
"먼저 도도새는 경마장을 표시해 놓았다"
"Die Strecke verlief in einer Art Kreis"
"트랙은 일종의 원 안에 있었습니다."
"Und dann wurde die ganze Gesellschaft entlang der Strecke platziert"
"그런 다음 모든 파티가 코스를 따라 배치되었습니다."
Es gab kein "Eins, zwei, drei und weg!"
"하나, 둘, 셋, 그리고 떨어져!"
aber sie fingen an zu rennen, wann sie wollten
그러나 그들은 그들이 원할 때 달리기 시작했다
Und sie beendeten auch, wenn sie wollten
그리고 그들은 또한 그들이 좋아할 때 끝났습니다
Es war also nicht einfach zu wissen, wann das Rennen vorbei war
그래서 경주가 언제 끝났는지 알기가 쉽지 않았습니다
Nach etwa einer halben Stunde Laufen waren sie alle ziemlich trocken
30 분 정도 달리고 나면 모두 완전히 건조했습니다
der Dodo rief plötzlich: "Das Rennen ist vorbei!"
도도새는 갑자기 "경주가 끝났어!" 하고 소리쳤습니다.
Und sie drängten sich alle um den Dodo
그리고 그들은 모두 도도새 주위로 모여들었다
Alle Tiere hechelten und schnauften
모든 동물들이 헐떡거리며 숨을 헐떡이고 있었다
und sie alle wollten wissen: "Aber wer hat gewonnen?"
그리고 그들 모두는 "그러나 누가 이겼는가?" 하고 알고 싶어 했다.
Diese Frage konnte der Dodo nicht sofort beantworten
이 질문에 도도새는 즉시 대답할 수 없었다
Zuerst musste er sehr viel nachdenken

먼저 그는 많은 생각을 해야 했다
Nach langem Nachdenken sprach der Dodo schließlich
많은 생각 끝에 도도새가 마침내 입을 열었다
"Jeder hat gewonnen, und jeder muss Preise haben"
"모두가 이겼고, 모두에게 상이 있어야 한다"
»Aber wer soll die Preise geben?« fragte ein Chor von Stimmen
"하지만 누가 상을 줄 것인가?" 여러 목소리가 합창으로 물었다
"Nun, sie natürlich", sagte der Dodo
"물론이지." 도도새가 말했다
und der Dodo deutete mit einem Finger auf Alice
도도새는 한 손가락으로 앨리스를 가리켰다
und die ganze Gesellschaft von Tieren drängte sich um sie
그리고 모든 동물 무리가 그녀 주위로 몰려들었다
sie riefen verwirrt: »Preise! Preise!"
그들은 혼란스러워하며 "상품! 경품!"
Alice hatte keine Ahnung, was sie tun sollte
앨리스는 어찌할 바를 몰랐다
Verzweifelt steckte sie die Hand in die Tasche
절망에 빠진 그녀는 주머니에 손을 넣었다
Und sie zog eine Schachtel mit Süßigkeiten hervor
그리고 그녀는 과자 한 상자를 꺼냈다
Glücklicherweise war das Salzwasser nicht in den Kasten gelangt
다행히 소금물은 상자에 들어가지 않았습니다
Und sie reichte die Süßigkeiten als Preise herum
그리고 그녀는 과자를 선물로 건넸습니다
Es gab genau ein Stück für jeden
모두를 위한 딱 한 조각이 있었습니다
Das nächste, was sie tun mussten, war, die Süßigkeiten zu essen
그 다음으로 그들이 해야 할 일은 과자를 먹는 것이었다
Dies verursachte einige Geräusche und Verwirrung
이로 인해 약간의 소음과 혼란이 발생했습니다
Die großen Vögel klagten, dass sie ihre Süßigkeiten nicht

schmecken konnten
큰 새들은 단 것을 맛볼 수 없다고 불평했습니다
Die Kleinen verschluckten sich und mussten auf den
Rücken geklopft werden
작은 아이들은 숨이 막혀서 등을 두드려 주어야
했습니다
Doch dann war es endlich vorbei
그러나 결국 끝났다
Und sie setzten sich wieder in einem Ring nieder
그리고 그들은 다시 둥글게 앉았다
Und sie flehten die Maus an, ihnen noch etwas zu erzählen
그리고 그들은 쥐에게 더 많은 것을 말해 달라고
간청했습니다
»Du hast versprochen, mir deine Geschichte zu erzählen,
weißt du,« sagte Alice
"너의 내력을 말해주기로 약속했잖아." 앨리스가 말했다
und sie machte noch eine kleine Bemerkung über Katzen im
Flüsterton
그리고 그녀는 속삭이듯 고양이에 대해 또 한 번
언급했다
Sie wollte die Maus nicht noch einmal beleidigen
다시는 생쥐의 기분을 상하게 하고 싶지 않았다
die kleine Maus drehte sich zu Alice um und seufzte
작은 쥐는 앨리스를 돌아보며 한숨을 쉬었다
"Meine Geschichte ist lang und traurig!"
"내 이야기는 길고 슬픈 이야기야!"
»Es ist gewiß ein langer Schwanz,« sagte Alice
"확실히 긴 꼬리야." 앨리스가 말했다
Und sie blickte verwundert auf den Schwanz der Maus
hinunter
그리고 그녀는 경이로운 눈빛으로 쥐의 꼬리를
내려다보았다
"Aber warum nennst du es einen traurigen Schwanz?"
"그런데 왜 슬픈 꼬리라고 부르는 거죠?"
Und sie rätselte unaufhörlich, während die Maus sprach
그리고 그녀는 쥐가 말하는 동안 그것에 대해 계속

수수께끼를 풀었습니다
so daß ihre Vorstellung von der Geschichte ungefähr so aussah
그래서 이야기에 대한 그녀의 생각은 이랬습니다

<pre>
            "Fury said to
          a mouse, That
           he met in the
            house, 'Let
               us both go
                 to law: I
                will prosecute
                you.—
                 Come, I'll
                take no denial:
               We must have
            the trial;
          For really
       this morning
    I've
    nothing
    to do.'
        Said the
          mouse to
            the cur,
             'Such a
               trial, dear
                sir, With
                   no jury
                     or judge,
                      would
                      be wasting
                    our
               breath.'
             'I'll be
            judge,
          I'll be
        jury,'
      said
      cunning
        old
          Fury: 'I'll
             try
              the
                whole
                  cause,
                   and
                   condemn
                   you to
          death.'
</pre>

Fury sagte zu einer Maus, die er im Haus getroffen hat."
분노가 쥐에게 말했다, 그는 집에서 만났다고."

Lasst uns beide vor Gericht gehen: Ich werde euch anklagen
우리 둘 다 법으로 가자: 내가 너를 기소할 거야

Kommen Sie, ich leugne es nicht: Wir müssen den Prozeß haben
이리 오라, 나는 부인하지 않을 것이다: 우리는 재판을 받아야 한다

Denn heute morgen habe ich wirklich nichts zu tun
정말 오늘 아침에는 할 일이 없습니다

Sagte die Maus zum Pfarrer;
쥐가 커에게 말했다.

Ein solcher Prozeß, lieber Herr, ohne Geschworene und Richter, würde uns den Atem rauben

친애하는 각하, 배심원이나 판사가 없는 그런 재판은
우리의 숨을 낭비하는 것입니다
»Ich werde Richter sein, ich werde Geschworener sein«,
sagte der schlaue alte Fury
"내가 판사가 될 거야, 내가 배심원이 될 거야." 교활한
늙은 퓨리가 말했다
Ich werde die ganze Sache prüfen und dich zum Tode
verurteilen
내가 모든 원인을 다 써서 너에게 사형을 선고하겠다
die Maus sprach streng zu Alice
쥐는 앨리스에게 심하게 말했다
"Du passt nicht auf!"
"넌 주의를 기울이지 않아!"
"Woran denkst du?"
"무슨 생각을 하고 있니?"
»Ich bitte um Verzeihung,« sagte Alice sehr demütig
"용서를 구합니다." 앨리스는 매우 겸손하게 말했다
»Sie waren in der fünften Kurve angelangt, glaube ich?«
"다섯 번째 굽이까지 간 것 같은데?"
"Du beleidigst mich, indem du so einen Unsinn redest!"
"그런 말도 안 되는 소리로 나를 모욕하는구나!"
Und die Maus stand auf und ging weg
그리고 쥐는 일어나서 걸어 나갔다
Alice rief der kleinen Maus hinterher
앨리스는 작은 쥐를 불렀다
"Bitte komm zurück und beende deine Geschichte!"
"제발 돌아와서 네 이야기를 끝내마!"
Und die andern stimmten alle in den Chor ein
그리고 다른 사람들도 모두 합창으로 합창했다
"Ja, bitte beenden Sie Ihre Geschichte!"
"네, 제발 이야기를 끝내주세요!"
Aber die Maus schüttelte nur ungeduldig den Kopf
그러나 쥐는 참을성 없이 고개를 저을 뿐이었다
Und die kleine Maus ging ein wenig schneller
그리고 작은 쥐는 조금 더 빨리 걸었습니다
"Ich wünschte, ich hätte Dinah, unsere Katze, hier!" sagte

Alice
"우리 고양이 디나가 여기 있었으면 좋겠어!" 앨리스가
말했다
Dies erregte in der Partei ein bemerkenswertes Aufsehen
이것은 당내에서 놀라운 센세이션을 일으켰다
Einige der Vögel eilten sofort davon
몇몇 새들은 즉시 서둘러 떠났다
**und ein Kanarienvogel rief mit zitternder Stimme seinen
Kindern zu;**
카나리아 한 마리가 떨리는 목소리로 자식들을 불렀다.
»Kommt fort, meine Lieben!«
"저리 가라, 얘들아!"
"Es ist höchste Zeit, dass ihr alle im Bett seid!"
"너희들 모두 침대에 누워 있을 때가 됐어!"
Mit verschiedenen Ausreden gingen sie alle weg
그들은 여러 가지 핑계를 대며 모두 가버렸다
und Alice war bald allein
앨리스는 곧 혼자 남게 되었다
"Ich wünschte, ich hätte Dina nicht erwähnt!"
"디나 얘기를 안 했더라면 좋았을 텐데!"
"Niemand scheint sie hier unten zu mögen"
"여기선 아무도 그녀를 좋아하지 않는 것 같아"
**"Aber ich bin mir sicher, dass sie die beste Katze von der
Welt ist!"**
"하지만 나는 그녀가 세상에서 가장 좋은 고양이라고
확신합니다!"
Die arme Alice fing wieder an zu weinen
가엾은 앨리스는 다시 울기 시작했다
weil sie sich sehr einsam und niedergeschlagen fühlte
그녀는 몹시 외롭고 우울했기 때문입니다
Nach einer Weile aber hörte sie wieder etwas
하지만 잠시 후, 그녀는 다시 뭔가를 듣게 되었다
ein leises Getrappel von Schritten in der Ferne
멀리서 들려오는 작은 발자국 소리
und sie blickte eifrig auf
그리고 그녀는 간절히 위를 올려다보았다

Der Hase schickt den kleinen Mr. Bill herein
토끼는 작은 빌 씨를 보냅니다

Es war das weiße Kaninchen, das langsam wieder zurücktrabte
흰 토끼가 다시 천천히 걸어갔다
Er sah sich ängstlich um, während er ging
그는 가면서 걱정스럽게 주위를 둘러보고 있었다
Er sah aus, als hätte er etwas verloren
그는 뭔가를 잃어버린 것처럼 보였다
Alice hörte, wie er vor sich hin murmelte
앨리스는 그가 혼잣말로 중얼거리는 것을 들었다
»Die Herzogin! Die Herzogin! Oh, meine lieben Pfoten!"
"공작 부인! 공작 부인! 오, 내 소중한 발!"
"Oh, mein Fell und meine Schnurrhaare!"
"오, 내 털과 수염!"
"Sie wird mich hinrichten lassen, da bin ich mir sicher"
"그녀는 나를 처형할 거야, 난 확신해"
"Genauso sicher, wie Frettchen Frettchen sind!"
"페럿이 페럿인 것처럼 확실합니다!"
"Wo kann ich meine Sachen abgestellt haben, frage ich

mich?"
"내 물건을 어디에 떨어뜨렸을까?"
Alice erriet in einem Augenblick, was er suchte
앨리스는 그가 무엇을 찾고 있는지 순식간에 짐작했다
Er war auf der Suche nach dem Federfächer
그는 깃털 부채를 찾고 있었다
Und er suchte nach dem Paar weißer Handschuhe
그리고 그는 흰 장갑 한 켤레를 찾고 있었습니다
So machte sie sich sehr gutmütig auf die Suche nach den
Handschuhen
그래서 그녀는 아주 친절하게도 장갑을 찾기
시작했습니다
Und sie suchte auch nach dem Federfächer
그리고 그녀는 깃털 부채도 찾았습니다
Aber die Handschuhe und der Federfächer waren nirgends
zu sehen
그러나 장갑과 깃털 부채는 어디에도 보이지 않았다
Alles schien sich verändert zu haben, seit sie im Pool
geschwommen war
수영장에서 수영한 이후로 모든 것이 변한 것 같았다
Nichts war mehr so, wie es war, seit sie in der Großen Halle
gewesen war
그녀가 그레이트 홀에 있을 때와 지금과는 아무것도
같지 않았다
und der Glastisch war verschwunden
그리고 유리 테이블은 사라졌다
Und die kleine Tür war auch nicht da
그리고 작은 문도 거기에 없었습니다
Sehr bald bemerkte das Kaninchen Alice
토끼는 곧 앨리스를 알아차렸어요
rief er ihr in zornigem Ton zu
그는 화난 어조로 그녀를 불렀다
"Mary Ann, was machst du hier draußen?"
"메리 앤, 여기서 뭐 하는 거야?"
"Lauf in diesem Moment nach Hause"
"지금 당장 집으로 달려라"

"Und hol mir ein Paar Handschuhe und einen Federfächer!"
"그리고 장갑 한 켤레와 깃털 부채를 가져와!"
"Und beeil dich!"
"그리고 서두르세요!"
Alice sprach mit sich selbst, als sie davonrannte
앨리스는 도망치면서 혼잣말을 했다
"Er muss mich für sein Hausmädchen gehalten haben!"
"나를 가정부로 착각한 모양이나 봐!"
"Wie überrascht wird er sein, wenn er herausfindet, wer ich bin!"
"내가 누군지 알게 되면 얼마나 놀랄까!"
Während sie dies sagte, stieß sie auf ein hübsches Häuschen
그녀가 이렇게 말했을 때, 그녀는 깔끔한 작은 집을 만났습니다
An der Tür des Hauses hing eine helle Messingplatte
그 집의 문에는 밝은 놋쇠판이 달려 있었다
"W. HASE"
"W. 토끼"
Sie trat ein, ohne an die Tür zu klopfen
그녀는 문을 두드리지도 않고 들어갔다
und sie eilte geradewegs die Treppe hinauf
그리고 그녀는 곧장 위층으로 올라갔다
sie machte sich Sorgen, dass sie die echte Mary Ann treffen könnte
그녀는 진짜 메리 앤을 만날 수 있을지 걱정했다
denn dann würde sie aus dem Haus gejagt werden
그렇게 되면 그 여자는 집에서 쫓겨날 것이기 때문입니다
Und sie würde den Federfächer und die Handschuhe nicht finden können
그리고 그녀는 깃털 부채와 장갑을 찾을 수 없을 것입니다
Alice hatte den Weg in ein aufgeräumtes Kämmerlein gefunden
앨리스는 깔끔한 작은 방으로 들어갔다
Im Zimmer stand ein Tisch am Fenster

방 안에는 창가에 테이블이있었습니다
und auf dem Tisch stand ein Federfächer
그리고 탁자 위에는 깃털 부채가 있었다
Und da waren zwei oder drei Paar winzige weiße Handschuhe
그리고 두세 켤레의 작은 흰 장갑이 있었다
Sie hob den Federfächer und ein Paar Handschuhe auf
그녀는 깃털 부채와 장갑 한 켤레를 집어 들었다
und sie war eben im Begriff, das Zimmer zu verlassen
그리고 그녀는 막 방을 나가려고 했다
Aber dann fiel ihr Blick auf ein Fläschchen
하지만 이내 그녀의 시선이 작은 병에 꽂혔다
Sie entkorkte die Flasche und führte sie an ihre Lippen
그녀는 병의 코르크 마개를 따서 입술에 가져다 댔다
"Ich hoffe, dass ich dadurch wieder groß werde"
"나를 다시 크게 키울 수 있기를 바랍니다"
"Ich bin es leid, so ein winziges Ding zu sein!"
"나는 그렇게 작고 작은 존재가 지겹다!"
Alice hatte kaum die halbe Flasche getrunken
앨리스는 그 병의 절반도 마시지 않았다
Ihr Kopf drückte bereits gegen die Decke
그녀의 머리는 이미 천장에 밀착되어 있었다
und sie musste sich bücken
그리고 그녀는 몸을 굽혀야 했다
um ihr das Genick vor dem Genickbruch zu bewahren
그녀의 목이 부러지는 것을 막기 위해
Hastig stellte sie die Flasche ab
그녀는 서둘러 병을 내려놓았다
"Das reicht"
"그 정도면 충분해"
"Ich hoffe, ich wachse nicht mehr"
"더 이상 성장하지 않았으면 좋겠어요"
Leider! Es war zu spät, das zu wünschen!
슬프게 도! 그것을 바라기에는 너무 늦었습니다!
Sie wuchs und wuchs weiter
그녀는 계속 성장하고 성장했습니다

und sehr bald musste sie sich auf den Boden knien
그리고 얼마 지나지 않아 그녀는 바닥에 무릎을 꿇어야
했다
und selbst dann wuchs sie weiter
그리고 그 후에도 그녀는 계속 성장했습니다
Als letztes Mittel streckte sie einen Arm aus dem Fenster
최후의 수단으로 그녀는 한쪽 팔을 창문 밖으로
내밀었다
und sie setzte einen Fuß auf den Schornstein
그리고 그녀는 한쪽 발을 굴뚝 위로 올렸다
"Jetzt kann ich nicht mehr, was auch immer passiert"
"이제 나는 무슨 일이 있어도 더 이상 할 수 있는 일이
없습니다"
»Was wird aus mir?«
"나는 어떻게 될 것인가?"

Alice hatte Glück
앨리스에게는 행운이 따랐다
**Das kleine Zauberfläschchen hatte seine volle Wirkung
entfaltet**
그 작은 마법의 병이 완전한 효과를 발휘한 것이다

und Alice wurde nicht größer, als sie war
앨리스는 그녀보다 더 크게 자라지 않았다

Nach ein paar Minuten hörte sie draußen eine Stimme
몇 분 후, 밖에서 목소리가 들렸다

Und sie blieb stehen, um der Stimme zu lauschen
그리고 그녀는 멈춰 서서 그 목소리에 귀를 기울였다

»Mary Ann! Mary Ann!« sagte die Stimme
"메리 앤! 메리 앤!" 목소리가 말했다

"Hol mir gleich meine Handschuhe!"
"지금 당장 내 장갑을 가져와!"

Dann ertönte ein leises Getrappel von Füßen auf der Treppe
그때 계단에서 발을 살짝 튕기는 소리가 들렸다

Alice wusste, dass es das Kaninchen war, das kam, um sie zu suchen
앨리스는 토끼가 자신을 찾으러 오는 것임을 알았습니다

und sie zitterte, bis sie das Haus erschütterte
그 여자는 집을 흔들 때까지 떨었다

Sie vergaß ganz, welche Proportionen sie hatte
그녀는 자신의 비율이 얼마인지 잊어버렸다

Sie war tausendmal so groß wie das Kaninchen
그녀는 토끼보다 천 배나 컸다

und sie hatte keinen Grund, sich vor einem Kaninchen zu fürchten
그리고 그녀는 토끼를 무서워할 이유가 없었다

Bald kam das Kaninchen an die Tür heran
이윽고 토끼가 문으로 다가왔다

Und das kleine Kaninchen versuchte, die Tür zu öffnen
그리고 작은 토끼는 문을 열려고 했습니다

Die Tür begann sich nach innen zu öffnen
문이 안쪽으로 열리기 시작했다

aber Alices Ellbogen wurde hart gegen die Tür gedrückt
하지만 앨리스의 팔꿈치가 문에 세게 눌려 있었다

Dieser Versuch erwies sich als Fehlschlag
그 시도는 실패로 끝났다

Alice hörte, wie das Kaninchen mit sich selbst sprach
앨리스는 토끼가 혼잣말을 하는 것을 들었어요

"Dann gehe ich herum und steige durch das Fenster ein"
"그럼 돌아서 창문으로 들어갈게요"
"Das wirst du nicht!" dachte Alice
"그럴 리가 없잖아!" 앨리스는 생각했다
und sie wartete wieder ein wenig
그리고 그녀는 다시 조금 기다렸다
Bald hörte sie das Kaninchen gerade unter dem Fenster
얼마 지나지 않아 창밖으로 토끼 울음소리가 들렸다
Plötzlich streckte sie ihre Hand aus
그녀는 갑자기 손을 뻗었다
Und sie machte einen Sprung in die Luft
그리고 그녀는 공중에서 낚아챘다
Sie bekam nichts in die Finger
그녀는 아무것도 손에 넣지 못했다
aber sie hörte einen kleinen Schrei und einen Sturz
하지만 작은 비명과 넘어지는 소리가 들렸다
und sie hörte ein Krachen von zerbrochenem Glas
그리고 깨진 유리가 부딪히는 소리가 들렸다
Vielleicht war das Kaninchen gefallen
어쩌면 토끼가 떨어졌을지도 모른다
Vielleicht war er in einem Gewächshaus
어쩌면 그는 온실에 있었을지도 모른다
Dann ertönte eine zornige Stimme; Die Stimme des Kaninchens
다음으로 성난 목소리가 들려왔다. 토끼의 목소리
"Pat, wo bist du?"
"팻, 어디 있니?"
Und dann ertönte eine Stimme, die sie noch nie zuvor gehört hatte
그때 그녀가 한 번도 들어본 적 없는 목소리가 들려왔다
"Euer Ehren, ich bin hier!"
"영광입니다, 제가 여기 있습니다!"
"Ich grabe nach Äpfeln"
"나는 사과를 캐고 있어요"
»Hier! Komm und hilf mir da raus!"
"여기! 와서 나를 도와줘!"

»Nun sag mir, Pat, was ist das da im Fenster?«
"이제 말해봐, 팻, 창문에 뭐가 있지?"
"Sicher, Euer Ehren, ich werde es Ihnen sagen"
"물론이지, 너의 영광이여, 내가 말해 줄게"
"Das ist ein Arm, der im Fenster steckt!"
"창문에 있는 건 팔이야!"
"Na ja, da hat ein Arm nichts zu suchen"
"글쎄, 거기에는 팔이 장사가 없습니다"
"Geh und nimm den Arm weg!"
"가서 팔을 치워라!"
Hierauf trat ein langes Schweigen ein
그 후 긴 침묵이 흘렀다
und Alice konnte nur ab und zu ein Flüstern hören
앨리스는 이따금 속삭이는 소리만 들을 수 있었다
und endlich streckte sie die Hand wieder aus
마침내 그녀는 다시 손을 뻗었다
Und sie machte einen weiteren Sprung in die Luft
그리고 그녀는 다시 한 번 허공을 낚아챘다
Diesmal gab es zwei kleine Schreie
이번에는 두 번의 작은 비명이 들렸다
und es gab noch mehr Geräusche von zerbrochenem Glas
그리고 깨진 유리 소리가 더 많이 들렸다
"Ich möchte wohl wissen, was sie nun tun werden!" dachte Alice
"그들이 다음에 뭘 할지 궁금해!" 앨리스는 생각했다
"Ich wünschte, sie würden mich aus dem Fenster ziehen"
"그들이 나를 창문 밖으로 끌어 냈으면 좋겠다"
Sie wartete eine Weile
그녀는 얼마 동안 기다렸다
aber eine Weile hörte sie nichts mehr
하지만 한동안 그녀는 더 이상 아무 소리도 듣지 못했다
Endlich ertönte das Rumpeln kleiner Rädchen
마침내 작은 바퀴가 덜컹거리는 소리가 들렸다
Und da ertönten viele Stimmen
그리고 많은 목소리가 들려왔다
Alle Stimmen sprachen miteinander

모든 목소리가 함께 이야기하고 있었다
Sie konnte einige der Worte verstehen
그녀는 몇 가지 단어를 알아들을 수 있었다
"Wo ist die andere Leiter?"
"다른 사다리는 어디 있지?"
"Bill hat die andere Leiter"
"빌은 다른 사다리를 가지고 있어"
"Bill, komm her!"
"빌, 이리 와!"
"Wird das Dach die Last tragen?"
"지붕이 하중을 견딜 수 있습니까?"
"Wer will schon den Schornstein hinuntergehen?"
"누가 굴뚝으로 내려가고 싶겠어요?"
»Nein, das werde ich nicht! Du machst es!"
"안 돼, 안 돼! 네가 해!"
»Hier, Bill!«
"여기요, 빌!"
"Der Meister sagt, du musst in den Schornstein hinunter!"
"주인님이 굴뚝으로 내려가야 한다고 하셨어요!"
Alice zog ihren Fuß so weit den Schornstein hinab, wie sie konnte
앨리스는 굴뚝 아래로 최대한 발을 딛었다
Und dann wartete sie, was kommen würde
그리고 그녀는 무슨 일이 일어날지 기다렸다
Sie hörte ein kleines Tier kratzen und krabbeln
작은 동물이 할퀴고 허둥대는 소리가 들렸다
Das Tierchen muss sich im Schornstein befinden
작은 동물은 굴뚝에 있어야합니다.
dann gab sie einen scharfen Tritt
그러고는 날카로운 발길질을 한 번 했다
Und sie wartete ab, was als nächstes geschehen würde
그리고 그녀는 다음에 무슨 일이 일어날지 기다렸다
Sie hörte einen allgemeinen Chor von Stimmen
그녀는 여러 사람의 목소리를 합창하는 것을 들었다
"Da geht Bill!", sagten alle
"저기 빌이 간다!" 그들이 모두 말했다

Dann hörte sie allein die Stimme des Kaninchens
그때 그녀는 혼자서 토끼의 목소리를 들었다
"Du an der Hecke, fang ihn!"
"산울타리 옆에 있는 놈을 잡아라!"
Es trat wieder ein Augenblick des Schweigens ein
다시 침묵이 흘렀다
Und dann gab es wieder ein Stimmengewirr
그리고 또 다른 혼란스러운 목소리가 들려왔다
"Halt seinen Kopf hoch, Brandy"
"고개를 들어, 브랜디"
"Pass auf, dass du ihn nicht würgst"
"그의 목을 조르지 않도록 조심하십시오"
"Was ist mit dir passiert?"
"너한테 무슨 일이 있었니?"
Zuletzt kam eine kleine, schwache, quietschende Stimme
마지막은 약간 약하고 삐걱거리는 목소리가 들려왔다
"Nun, ich weiß es kaum mehr"
"글쎄요, 더 이상은 거의 모르겠어요"
"Danke euch allen, mir geht es jetzt besser"
"모두 감사합니다, 이제 나아졌습니다"
"Es gibt eine Sache, an die ich mich erinnern kann"
"내가 기억할 수 있는 한 가지가 있다"
"Irgendetwas kommt auf mich zu wie ein Zug im Tunnel"
"무언가가 터널 속의 기차처럼 내게 다가온다"
"Und ich fliege hoch wie eine Rakete!"
"그리고 나는 하늘 로켓처럼 날아 오른다!"
Es gab ein oder zwei Minuten des Schweigens
잠시 침묵이 흘렀다
Und dann fingen sie wieder an, sich zu bewegen
그러고 나서 그들은 다시 움직이기 시작했다
und Alice hörte das Kaninchen wieder sprechen
앨리스는 토끼가 다시 말하는 것을 들었습니다
"Ein Karren voll reicht für den Anfang"
"처음에는 무덤이 이루어지는 뜻이니라"
"Einen Karren voll wovon?" dachte Alice
"뭘 참을 수 있을까?" 앨리스는 생각했다

Aber sie wurde nicht lange in Atem gehalten
그러나 그녀는 오랫동안 불안에 떨지 않았다
Ein Regen von kleinen Kieselsteinen drang durch das Fenster
창문을 통해 작은 조약돌이 소나기처럼 쏟아져 들어왔다
und einige der kleinen Kieselsteine trafen sie im Gesicht
그리고 작은 조약돌 몇 개가 그녀의 얼굴을 강타했습니다
Alice wunderte sich über die kleinen Kieselsteine
앨리스는 그 작은 조약돌들을 보고 깜짝 놀랐어요
all die kleinen Kieselsteine verwandelten sich in Kuchen
작은 조약돌들이 모두 케이크로 변하고 있었어요
und eine glänzende Idee kam ihr in den Kopf
그리고 기발한 아이디어가 그녀의 머릿속에 떠올랐습니다
"Einen von diesen Kuchen sollte ich essen"
"이 케이크 중 하나를 먹어야 해"
"Der Kuchen wird sicher etwas an meiner Größe ändern"
"케이크는 내 크기에 약간의 변화를 줄 것입니다."
Also schluckte sie einen der Kuchen
그래서 그녀는 케이크 하나를 삼켰습니다
und sie freute sich, als sie feststellte, dass sie anfing zu schrumpfen
그리고 그녀는 자신이 줄어들기 시작했다는 것을 알고 기뻐했습니다
Bald war sie klein genug, um durch die Tür zu kommen
얼마 지나지 않아 그녀는 문을 통과할 수 있을 만큼 작아졌다
Sie rannte aus dem Haus
그녀는 집을 뛰쳐나갔다
Draußen wartete eine Menge kleiner Tiere und Vögel
작은 동물과 새들의 무리가 밖에서 기다리고 있었습니다
alle kleinen Vögel und Tiere stürzten sich auf Alice
모든 작은 새와 동물들이 앨리스에게 달려들었어요
aber sie rannte davon, so schnell sie konnte
하지만 그녀는 할 수 있는 한 빨리 달아났다

und bald fand sie sich sicher in einem dichten Walde
그리고 얼마 지나지 않아 그녀는 울창한 숲 속에서
안전한 자신을 발견했다
Alice irrte im Walde umher
앨리스는 숲 속을 돌아다녔다
Und sie dachte bei sich:
그녀는 속으로 생각했다.
"Ich weiß, was ich zuerst zu tun habe"
"나는 내가 먼저 해야 할 일을 알고 있다"
"erst muss ich wieder auf meine richtige Größe wachsen"
"먼저 다시 적당한 크기로 자라야 해"
"Und dann muss ich den Weg in diesen schönen Garten finden"
"그리고 나서 나는 그 아름다운 정원으로 들어가는 길을 찾아야 해"
"Ich glaube, ich sollte irgendetwas essen oder trinken"
"나는 무언가 또는 다른 것을 먹거나 마셔야 할 것 같아"
"Aber die Frage ist, was soll ich essen oder trinken?"
"하지만 문제는 무엇을 먹고 마셔야 하느냐는 것입니다."
Alice blickte sich um und betrachtete die Blumen
앨리스는 주위를 둘러보며 꽃을 바라보았어요
Und sie schaute durch die Grashalme hindurch
그녀는 풀잎 사이로 들여다보았다
aber sie konnte nichts zu essen und zu trinken sehen
그러나 먹을 것이나 마실 것을 볼 수 없었다
Nichts sah nach dem Richtigen zum Essen oder Trinken aus
먹거나 마시는 것이 옳은 것 같지 않았습니다
In ihrer Nähe wuchs ein großer Pilz
그녀 근처에는 커다란 버섯이 자라고 있었다
der Pilz war ungefähr so groß wie Alice
버섯의 키는 앨리스와 거의 같았다
Sie streckte sich auf den Zehenspitzen auf
그녀는 발끝으로 몸을 쭉 뻗었다
Und sie guckte über den Rand des Pilzes
그리고 그녀는 버섯의 가장자리를 엿보았다
Ihre Augen trafen sofort die Augen einer großen blauen

Raupe
그녀의 눈은 즉시 커다란 푸른 애벌레의 눈과 마주쳤다
Die Raupe saß auf der Spitze des Pilzes
애벌레는 버섯 위에 앉아 있었다
und die Raupe hatte alle Arme gekreuzt
그리고 애벌레는 그의 팔짱을 끼고 있었다
Und er rauchte leise eine lange Wasserpfeife
그리고 그는 조용히 긴 물담배를 피우고 있었다
und er nahm nicht die geringste Notiz von irgendetwas
그는 조금도 주의를 기울이지 않았다
und er achtete gewiß nicht auf Alice
그리고 그는 확실히 앨리스에게 주의를 기울이지
않았습니다

Ratschläge von einer Raupe
애벌레의 조언

Endlich nahm die Raupe die Shisha aus dem Maul
마침내 애벌레는 입에서 물 담뱃대를 뺐습니다
und er redete Alice mit einer trägen, schläfrigen Stimme an
그는 나른하고 나른한 목소리로 앨리스에게 말했다
"Wer bist du?" fragte die Raupe
"넌 누구냐?" 애벌레가 말했다

Alice antwortete etwas schüchtern: "Ich weiß es kaum, Sir."
앨리스는 다소 수줍은 어조로 대답했다.
"Gerade im Moment ist alles ein bisschen..."
"지금 당장은 모든 것이 조금…"
"Ich weiß, wer ich war, als ich heute Morgen aufgestanden bin."
"오늘 아침에 일어났을 때 내가 누군지 알아요."
"aber ich glaube, ich muss mich seitdem mehrmals verändert haben"
"하지만 그 이후로 여러 번 변한 것 같아요."
"Was meinst du damit?" sagte die Raupe
"그게 무슨 뜻이야?" 애벌레가 말했다

Streng forderte die Raupe sie auf, sich zu erklären
애벌레는 엄하게 그녀에게 자신을 설명해 달라고
요청했다
»Ich kann mich nicht erklären, fürchte ich, Sir«, sagte Alice
"제 자신을 설명할 수 없어요, 무서워요, 선생님,"
앨리스가 말했다
"weil ich nicht ich selbst bin"
"나는 나 자신이 아니기 때문에"
**"Du siehst, es ist sehr verwirrend, so viele verschiedene
Größen an einem Tag zu haben"**
"보시다시피, 하루에 너무 다양한 크기가 있다는 것은
매우 혼란스럽습니다."
Sie raffte sich auf und sagte sehr ernst:
그녀는 몸을 일으켜 세우고 매우 진지하게 말했다.
"Ich denke, du solltest mir zuerst sagen, wer du bist"
"먼저 당신이 누구인지 말해줘야 할 것 같아요"
"Warum?" fragte die Raupe
"왜요?" 애벌레가 말했다
Alice fiel kein guter Grund ein
앨리스는 타당한 이유를 떠올릴 수 없었다
**und die Raupe schien sich in einem sehr unangenehmen
Gemützustand zu befinden**
그리고 애벌레는 매우 불쾌한 정신 상태에 있는 것
같았다
also wandte sie sich ab
그래서 그녀는 돌아섰다
"Komm zurück!" rief ihr die Raupe nach
"돌아와!" 애벌레가 그녀를 불렀다
"Ich habe etwas Wichtiges zu sagen!"
"중요한 할 말이 있어!"
Alice drehte sich um und kam wieder zurück
앨리스는 돌아서서 다시 돌아왔다
"Behalte die Fassung!" sagte die Raupe
"정신 차려." 애벌레가 말했다
»Ist das alles?« fragte Alice
"그게 다야?" 앨리스가 말했다

und sie schluckte ihren Zorn hinunter, so gut sie konnte
그리고 그녀는 할 수 있는 한 분노를 삼켰다
"Nein!" sagte die Raupe
"아뇨." 애벌레가 말했다
Die Raupe breitete ihre Arme aus
애벌레가 팔을 펼쳤다
Und er nahm die Shisha wieder aus dem Mund
그리고 그는 다시 입에서 물 담뱃대를 뺐다
Und er sagte: "Du glaubst also, du bist verändert, oder?"
"그래서 당신은 당신이 변했다고 생각하십니까, 그렇죠?"
»Ich fürchte, ich bin verändert, Sir,« sagte Alice
"무서워요, 제가 변했어요, 선생님." 앨리스가 말했다
"Ich kann mich nicht mehr so an Dinge erinnern, wie ich sie früher in Erinnerung hatte"
"예전처럼 기억할 수 없어요"
"Und ich bleibe nicht länger als zehn Minuten gleich groß!"
"그리고 나는 10분 이상 같은 크기를 유지하지 않아요!"
"Wie groß willst du sein?" fragte die Raupe
"어떤 크기가 되고 싶니?" 애벌레가 물었다
»Oh, es ist mir nicht besonders wichtig, wie groß ich bin«, erwiderte Alice hastig
"아, 제 체격이 어떻든 상관없어요." 앨리스가 황급히 대답했다
"Ich mag es einfach nicht, so oft die Größe zu wechseln, weißt du"
"나는 너무 자주 크기를 바꾸는 것을 좋아하지 않아, 알잖아."
"Ich würde gerne etwas größer sein, Sir"
"좀 더 커지고 싶습니다, 선생님"
»wenn es dir nichts ausmacht,« fügte Alice hinzu
"괜찮으시다면," 앨리스가 덧붙였다
"Zehn Zentimeter sind so eine erbärmliche Größe"
"10cm는 정말 비참한 높이입니다."
"Das ist wirklich eine sehr gute Höhe!" sagte die Raupe ärgerlich

"정말 좋은 높이네요!" 애벌레가 화를 내며 말했다
und er richtete sich auf, während er sprach
그는 말하면서 몸을 일으켜 세웠다
Er war genau zehn Zentimeter groß
그의 키는 정확히 10센티미터였다
In ein oder zwei Minuten war die Raupe vom Pilz
heruntergekommen
1-2분 후, 애벌레는 버섯에서 내려왔다
und er kroch ins Gras
그리고 그는 풀밭으로 기어 들어갔다
Als er sich entfernte, machte er einige kleine Bemerkungen
그는 떠나면서 몇 가지 간단한 말을 했다
"Eine Seite lässt dich größer werden"
"한쪽은 당신을 더 키울 것입니다"
"Und die andere Seite wird dich kleiner werden lassen"
"그리고 다른 쪽은 당신을 더 작게 만들 것입니다"
"Eine Seite wovon?" dachte Alice bei sich
"한쪽은 무엇이?" 앨리스는 혼잣말로 생각했다
"Die andere Seite von was?"
"무엇의 반대편이?"
"Die Seite des Pilzes!" sagte die Raupe
"버섯의 옆면이요." 애벌레가 말했다
Es war, als hätte sie ihre Frage laut gestellt
마치 큰 소리로 질문하는 것 같았다
und im nächsten Augenblick war er außer Sichtweite
그리고 또 다른 순간, 그는 시야에서 사라졌다
Alice blieb stehen und betrachtete den Pilz nachdenklich
앨리스는 버섯을 찬찬히 바라보았다
Sie versuchte herauszufinden, welche die beiden Seiten des
Pilzes waren
그녀는 버섯의 양면이 어느 것인지 알아내려고 애쓰고
있었다
Endlich streckte sie ihre Arme um den Pilz
마침내 그녀는 버섯을 두 팔로 감싸 안았다
und sie brach ein Stück der Ränder ab
그리고 그녀는 가장자리를 약간 부러뜨렸습니다

»Und nun, welche Seite ist welche?« fragte sie sich
"그럼 이제, 어느 쪽이 어느 쪽인가?" 그녀는 혼잣말을 했다

und sie knabberte ein wenig von dem Stück der rechten Hand
그리고 그녀는 오른손 부분을 조금 깨물었다

Im nächsten Augenblick spürte sie einen heftigen Schlag unter ihrem Kinn
다음 순간 그녀는 턱 아래에서 격렬한 타격을 느꼈다

Ihr Kinn hatte ihren Fuß getroffen!
그녀의 턱이 그녀의 발에 부딪혔던 것이다!

Sie war sehr erschrocken über diese sehr plötzliche Veränderung
그녀는 이 갑작스런 변화에 상당히 겁을 먹었다

Sie schrumpfte sehr schnell
그녀는 매우 빠르게 줄어들고 있었다

Also aß sie schnell etwas von dem anderen Stück Pilz
그래서 그녀는 재빨리 다른 버섯 조각을 먹었습니다

Ihr Kinn war sehr eng gegen ihren Fuß gepresst
그녀의 턱은 그녀의 발에 매우 바짝 눌려 있었다

Es war kaum Platz, um den Mund aufzumachen
입을 열 틈이 거의 없었다

aber schließlich gelang es ihr, den Mund aufzumachen
그러나 그녀는 마침내 입을 열 수 있었다

und sie schluckte einen Bissen von dem linken Stück
그리고 그녀는 왼손 한 입 삼켰다

»mein Kopf ist endlich frei!« sagte Alice
"드디어 머리가 풀렸어!" 앨리스가 말했다

Sie blickte an sich herunter
그녀는 자신을 내려다보았다

aber alles, was sie sehen konnte, war ein ungeheurer Hals
하지만 그녀가 볼 수 있는 것은 어마어마한 길이의 목뿐이었다

Ihr Hals schien sich wie ein Stiel zu erheben
그녀의 목이 줄기처럼 솟아오르는 것 같았다

Und sie blickte auf ein Meer von grünen Blättern hinab

그리고 그녀는 푸른 나뭇잎의 바다를 내려다보았다
"Wo sind meine Schultern geblieben?"
"내 어깨는 어디로 간 거지?"
»Und ach, meine armen Hände, wie kommt es, daß ich euch
nicht sehen kann?«
"그리고 오, 나의 불쌍한 손아, 어째서 나는 너를 볼 수
없는 거지?"
Aber ihr Hals hatte einen Vorteil
하지만 그녀의 목에는 한 가지 장점이 있었다
Sie konnte ihren Kopf in jede Richtung bewegen
그녀는 머리를 어느 방향으로든 움직일 수 있었다
Tatsächlich war sie wie eine Schlange
사실, 그녀는 마치 뱀과 같았습니다
Sie senkte anmutig ihren Kopf im Zickzack
그녀는 우아하게 고개를 지그재그로 숙였다
Und sie bewegte ihren Kopf durch die Bäume
그리고 그녀는 나무 사이로 머리를 움직였다
Aber dann hörte sie ein scharfes Zischen
하지만 그때 날카로운 쉭쉭거리는 소리가 들렸다
Und sie zog schnell den Kopf zurück
그리고 그녀는 재빨리 고개를 뒤로 젖혔다
Eine große Taube war ihr ins Gesicht geflogen
커다란 비둘기 한 마리가 그녀의 얼굴로 날아들었다
und die Taube fuhr mit den Flügeln heftig zusammen
비둘기는 날개를 사납게 펴고 있었다

»Schlange!« rief die Taube
"뱀!" 비둘기가 소리쳤다
"Ich bin keine Schlange!" sagte Alice entrüstet
"난 뱀이 아니야!" 앨리스가 분개하며 말했다
"Laß mich in Ruhe!"
"날 내버려 둬!"
"Ich habe die Wurzeln von Bäumen ausprobiert"
"나는 나무의 뿌리를 시험해 보았다"
"Und ich habe es mit Hecken versucht", fuhr die Taube fort
"그리고 나는 헤지를 사용해 봤어." 비둘기가 말을
이었다
»Aber diese Schlangen! Man kann es ihnen nicht recht
machen!"
"하지만 그 뱀들! 그들을 기쁘게 할 수 있는 것은
아무것도 없습니다!"
Alice war immer verwirrter
앨리스는 점점 더 어리둥절해졌다
"Als ob es nicht schon Mühe genug wäre, die Eier
auszubrüten!" sagte die Taube
"알을 부화시키는 것만으로도 문제가 되지 않는 것처럼."

비둘기가 말했다

"Tag und Nacht muss ich mich auch vor Schlangen in Acht nehmen!"

"나도 밤이나 낮이나 뱀을 조심해야 해!"

"Ich hatte gerade den höchsten Baum im Wald gefunden"

"나는 방금 숲에서 가장 높은 나무를 발견했다"

"Wäre ich hier sicher frei von Schlangen?"

"여기서 뱀으로부터 자유로울 수 있을까?"

"Und heraus kommt eine Schlange vom Himmel!"

"그리고 하늘에서 뱀이 나온다!"

"Aber ich bin keine Schlange, sage ich dir!" sagte Alice

"하지만 난 뱀이 아니야, 분명히 말해!" 앨리스가 말했다

"Ich bin ein... Ich bin ein... Ich bin ein kleines Mädchen«, fügte sie etwas zweifelnd hinzu

"나는... 나는... 나는 어린 소녀다"라고 다소 의심스럽게 덧붙였다

Schließlich hatte sie viele Veränderungen durchgemacht

어쨌든 그녀는 많은 변화를 겪고 있었다

"Du suchst Eier!" sagte die Taube

"넌 알을 찾고 있구나." 비둘기가 말했다

"Das weiß ich mit Sicherheit"

"나는 그것을 사실로 알고 있습니다"

"Und was macht es aus, ob du ein kleines Mädchen oder eine Schlange bist?"

"그리고 당신이 어린 소녀이든 뱀이든 무슨 상관이야?"

»Es liegt mir sehr viel daran,« sagte Alice hastig

"나한테는 꽤 중요한 일이야." 앨리스가 황급히 말했다

"Aber ich bin nicht auf der Suche nach Eiern, wie es der Zufall will"

"하지만 나는 달걀을 찾고 있지 않습니다."

"Und ich würde deine Eier sowieso nicht wollen"

"그리고 어쨌든 나는 당신의 달걀을 원하지 않을 것입니다"

"Ich mag meine Eier nicht roh"

"나는 내 달걀을 좋아하지 않는다"

»Nun, dann fort!« sagte die Taube in mürrischem Tone

"그럼, 꺼져!" 비둘기가 시무룩한 어조로 말했다

und die Taube ließ sich wieder in ihrem Nest nieder

그러자 비둘기는 다시 둥지에 자리를 잡았다

Alice kauerte sich zwischen die Bäume, so gut sie konnte

앨리스는 할 수 있는 한 나무 사이에 웅크리고 앉았다

Ihr Hals verfing sich immer wieder zwischen den Ästen

그녀의 목은 자꾸 나뭇가지에 얽혔다

Hin und wieder musste sie anhalten und ihren Hals aufdrehen

이따금 그녀는 멈춰 서서 목을 풀어야 했다

Nach einer Weile erinnerte sie sich an den Pilz

잠시 후 그녀는 그 버섯을 기억해냈다

Sie hielt die Pilzstücke noch immer in ihren Händen

그녀는 여전히 버섯 조각을 손에 들고 있었다

Und sie machte sich sehr vorsichtig an die Arbeit

그리고 그녀는 매우 신중하게 작업에 착수했습니다

Zuerst knabberte sie an einem Stück

먼저 그녀는 한 조각을 갉아먹었다

Und dann knabberte sie an dem anderen Stück

그러고는 다른 조각을 갉아먹었다

Manchmal wurde sie größer

때로는 키가 커지기도 했다

und manchmal wurde sie kleiner

그리고 때때로 그녀는 키가 작아졌습니다

Aber schließlich erreichte sie ihre übliche Größe

그러나 마침내 그녀는 평소의 키를 얻었습니다

Sie war schon seit einiger Zeit nicht mehr so groß wie sie selbst

그녀는 한동안 자신의 키가 아니었다

So fühlte sich alles eine Zeit lang seltsam an

그래서 한동안 모든 것이 이상하게 느껴졌습니다

"Das nächste, was zu tun ist, ist, in diesen schönen Garten zu gehen"

"다음으로 할 일은 그 아름다운 정원에 들어가는 것입니다."

»wie soll man das machen?«

"어떻게 해야 할까?"
Während sie dies sagte, stieß sie auf einen offenen Platz
그녀가 이렇게 말했을 때, 그녀는 탁 트인 장소에
이르렀다
Da war ein kleines Haus, etwas höher als einen Meter
1미터가 조금 넘는 작은 집이 있었다
"Ich frage mich, wer in diesem kleinen Haus wohnt"
"이 작은 집에 누가 살고 있는지 궁금합니다"
"So groß wie ich bin, kann ich sicher nicht reingehen"
"나는 확실히 나만큼 크게 들어갈 수 없다"
"Ich würde sie fürchterlich erschrecken!"
"나는 그들을 끔찍하게 놀라게 할 것이다!"
Also knabberte sie wieder an dem kleinen Pilz
그래서 그녀는 다시 그 작은 버섯을 갉아먹었다
Und bald brachte sie sich dreißig Zentimeter tief
그리고 곧 그녀는 30센티미터 아래로 내려왔다

Ein Schwein und etwas Pfeffer
돼지 한 마리와 후추 몇 개

Ein oder zwei Minuten lang stand sie da und betrachtete das Haus

잠시 동안 그녀는 서서 집을 바라보았다

Plötzlich kam ein Lakai aus dem Walde gerannt

갑자기 보행자 한 명이 숲에서 뛰쳐나왔다

Er trug eine spezielle Livree-Uniform

그는 특별한 상징 제복을 입고 있었다

Seinem Gesicht nach zu urteilen, hätte sie ihn einen Fisch genannt

그의 얼굴만 보고 그녀는 그를 물고기라고 불렀을 것이다

und er klopfte laut mit den Fingerknöcheln an die Tür

그리고 그는 주먹으로 문을 큰 소리로 두드렸다

Die Tür wurde von einem anderen Lakaien geöffnet

다른 보행자가 문을 열었다

Auch dieser Lakai trug eine besondere Livree

이 보행자 역시 특별한 상징 옷을 입고 있었다

Dieser Lakai hatte ein rundes Gesicht und große Augen wie ein Frosch

이 보행자는 둥근 얼굴에 개구리처럼 큰 눈을 가지고 있었습니다

Der Lakai, der wie ein Fisch aussah, leitete die Zeremonie ein
물고기처럼 생긴 보행자가 의식을 시작했다
Er zog etwas unter seinem Arm hervor
그는 팔 아래에서 무언가를 꺼냈다
Und er zog unter seinem Arm einen Umschlag hervor
그리고 그는 팔 밑에서 봉투를 꺼냈다
und diesen Umschlag übergab er dem andern Lakaien
그리고 이 봉투를 다른 보행자에게 건네주었다
In zeremoniellem Tone teilte er ihm die Befehle mit
그는 의례적인 어조로 명령을 내렸다
"Diese Botschaft ist für die Herzogin"
"이 메시지는 공작 부인을 위한 것입니다."
"Eine Einladung der Königin zum Krocketspielen"
"크로켓을 연주하라는 여왕의 초대"
Der Lakai, der wie ein Frosch aussah, wiederholte den Befehl
개구리처럼 생긴 보행자가 명령을 반복했다
"Von der Königin"
"여왕으로부터"
"Eine Einladung"
"초대장"
"für die Herzogin"
"공작 부인을 위해"
"Krocket spielen"
"크로켓 놀이"
Dann verbeugten sie sich beide tief
그러고는 둘 다 허리를 굽혔다
und die Locken in ihren Perücken verwickelten sich ineinander
그리고 그들의 가발의 곱슬머리가 서로 얽혔다
Bald war der Lakai, der wie ein Fisch aussah, verschwunden
얼마 지나지 않아 물고기처럼 보였던 보행자는 사라졌다
Aber der Lakai, der wie ein Frosch aussah, war immer noch da
그러나 개구리처럼 보이는 보행자는 여전히 거기에

있었다
Er saß auf dem Boden in der Nähe der Tür
그는 문 근처의 땅바닥에 앉아 있었다
Er starrte dumm in den Himmel
그는 멍청하게 하늘을 올려다보고 있었다
Alice ging schüchtern zur Tür und klopfte
앨리스는 겁에 질려 문으로 다가가 문을 두드렸어요
»Es hat keinen Zweck, anzuklopfen,« sagte der Lakai
"문을 두드려봐야 소용없어." 보행자가 말했다
"Und das aus zwei Gründen"
"그리고 그것은 두 가지 이유 때문입니다"
"Erstens, weil ich auf der gleichen Seite der Tür stehe wie du"
"첫째, 나도 너와 같은 쪽에 있으니까"
"Zweitens, weil sie drinnen so viel Lärm machen"
"둘째, 그들이 내부에서 너무 많은 소음을 내고 있기 때문에"
"Niemand könnte dich hören"
"아무도 너의 말을 들을 수 없을 거야"
Und es war gewiß ein höchst merkwürdiger Lärm im Innern
그리고 그 안에서는 분명 이상한 소음이 들려오고 있었다
ein ständiges Heulen und Niesen
끊임없는 울부짖음과 재채기
und ab und zu ein Geräusch von großem Krachen
그리고 이따금 큰 충돌 소리가 들립니다
als ob eine Schüssel oder ein Wasserkocher in Stücke zerbrochen wäre
마치 접시나 주전자가 산산조각이 난 것처럼
"Wie soll ich da reinkommen?" fragte Alice
"어떻게 들어가야 돼?" 앨리스가 물었다
»Wollen Sie überhaupt hineinkommen?« fragte der Lakai
"꼭 들어가야 하나?" 하인이 말했다
"Das ist die erste Frage, weißt du"
"그게 첫 번째 질문이야, 알잖아."
Alice öffnete die Tür und trat ein

앨리스는 문을 열고 안으로 들어갔다
Die Tür führte direkt in eine große Küche
문은 바로 큰 부엌으로 이어졌습니다
Die Küche war von einem Ende bis zum anderen voller Rauch
부엌은 한쪽 끝에서 다른 쪽 끝까지 연기로 가득 찼습니다
in der Mitte der Küche saß die Herzogin
부엌 한가운데에는 공작 부인이있었습니다
Sie saß auf einem dreibeinigen Hocker
그녀는 다리가 세 개 달린 의자에 앉아 있었다
und sie stillte ein Baby
그리고 그녀는 아기에게 젖을 먹이고 있었다
Die Köchin beugte sich über das Feuer
요리사는 불 위에 몸을 기대고 있었다
Er rührte einen großen Kessel
그는 커다란 가마솥을 젓고 있었다
und der Kessel schien mit Suppe gefüllt zu sein
그리고 가마솥은 수프로 가득 찬 것 같았습니다
"Da ist sicher zu viel Pfeffer drin!" sagte Alice zu sich selbst
"저 수프에 후추가 너무 많이 들어있는 게 확실해!" 앨리스는 혼잣말로 말했다
Sie sagte es, so gut sie konnte, ohne zu niesen
그녀는 재채기를 하지 않고 할 수 있는 한 최선을 다해 말했다
Sogar die Herzogin nieste gelegentlich
공작 부인조차도 가끔 재채기를 했다
Aber die Handlungen des Babys waren am bemerkenswertesten
그러나 아기의 행동이 가장 주목할 만했다
Das Baby nieste und heulte abwechselnd
아기는 재채기와 울부짖음을 번갈아 가며 울고 있었다
Es gab keinen Augenblick Pause zwischen Heulen und Niesen
울부짖는 소리와 재채기 사이에는 잠시도 멈춤이 없었다
Es gab zwei Kreaturen in der Küche, die nicht niesten

부엌에는 재채기를 하지 않는 두 마리의 생물이
있었습니다
Die Köchin war zu beschäftigt, um zu niesen
요리사는 너무 바빠서 재채기를 할 수 없었습니다
**Und die große Katze schien sich nicht an dem Pfeffer zu
stören**
그리고 큰 고양이는 고추를 신경 쓰지 않는 것
같았습니다
**Stattdessen grinste die große Katze von einem Ohr zum
anderen**
대신, 그 큰 고양이는 귀를 쫑긋 세우고 웃고 있었다
**»Bitte, würdest du es mir sagen,« sagte Alice ein wenig
schüchtern**
"제발 말해 줄 수 있나," 앨리스가 약간 소심하게 말했다
"Warum grinst deine Katze so?"
"고양이는 왜 그렇게 웃는 거야?"
»Es ist eine Cheshire-Katze,« sagte die Herzogin
"이건 체셔 고양이야." 공작부인이 말했다
"Und deshalb grinst er von Ohr zu Ohr"
"그래서 그는 귀를 쫑긋 세우고 웃고 있는 거야"
"Ich wusste nicht, dass eine Cheshire-Katze immer grinst"
"체셔 고양이가 항상 웃는 줄 몰랐어요"
**"Eigentlich wusste ich nicht, dass Katzen grinsen können",
sagte Alice**
"사실, 나는 고양이가 웃을 수 있다는 것을 몰랐다"고
앨리스는 말했다
»Es gibt vieles, was Sie nicht wissen,« sagte die Herzogin
"당신이 모르는 것이 많습니다." 공작 부인이 말했다
**"Es gibt vieles, was man nicht weiß, und das ist eine
Tatsache"**
"당신이 모르는 것이 많고 그것은 사실입니다"
**In diesem Augenblick nahm die Köchin den Kessel mit der
Suppe vom Feuer**
바로 그때 요리사가 수프 가마솥을 불에서 꺼냈습니다
Und sogleich fing sie an, alles in ihre Reichweite zu werfen
그리고 즉시 그녀는 손이 닿는 곳에 있는 모든 것을

던지기 시작했다
sie warf alles, was sie konnte, auf die Herzogin und das Baby
그녀는 공작 부인과 아기에게 할 수 있는 모든 것을 던졌습니다
Zuerst warf sie die Feuereisen
먼저 그녀는 파이어 아이언을 던졌다
Dann warf sie eine Handvoll Töpfe
그러고는 냄비를 한 움큼 던졌다
und schließlich warf sie die Teller und Schüsseln
그리고 마침내 그녀는 접시와 접시를 던졌다
Die Herzogin nahm keine Notiz von ihr
공작 부인은 그녀를 눈치채지 못했다
Selbst als sie von einem Teller getroffen wurde, machte sie sich keine Sorgen
접시에 부딪혔을 때도 그녀는 걱정하지 않았다
Das Baby heulte schon so viel
아기는 벌써 너무 울부짖고 있었다
Es war also unmöglich zu sagen, ob die Schläge das Baby verletzt haben oder nicht
따라서 구타가 아기에게 상처를 입혔는지 아닌지 알 수 없었다
"Oh, gib bitte acht, was du tust!" rief Alice
"오, 제발 너 하는 거 신경 써!" 앨리스가 소리쳤다
und sie sprang in Todesangst des Entsetzens auf und ab
그리고 그녀는 공포에 질려 펄쩍펄쩍 뛰었다
die Herzogin bot Alice das Baby an
공작 부인은 앨리스에게 아기를 바쳤다
»Hier! Du kannst das Kind ein wenig stillen, wenn du willst!«
"여기! 원하신다면 아기에게 젖을 조금 먹이셔도 됩니다!"
Und sie schleuderte das Kind nach ihr, während sie sprach
그리고 그녀는 말하면서 아기를 그녀에게 던졌습니다
"Ich muss gehen und mich darauf vorbereiten, mit der Königin Krocket zu spielen"

"여왕님과 크로켓 놀이를 하러 가야겠어요"
und sie eilte aus dem Zimmer
그리고 그녀는 서둘러 방을 나갔다
Alice fing das Baby mit einiger Mühe auf
앨리스는 어렵게 아기를 잡았다
weil es ein sehr seltsam geformtes kleines Wesen war
그것은 매우 이상한 모양의 작은 생물이었기 때문입니다
Und das Kind streckte seine Arme und Beine nach allen Richtungen aus
아기는 팔과 다리를 사방으로 뻗었다
"Das Kind nehme ich lieber mit!" dachte Alice
"이 아이를 데리고 가는 게 좋겠어." 앨리스는 생각했다
"Sie werden dieses Baby sicher in ein oder zwei Tagen töten"
"그들은 하루나 이틀 안에 이 아기를 죽일 것이 확실합니다."
"Wäre es nicht Mord, dieses Baby zurückzulassen?"
"이 아기를 두고 가는 것은 살인이 아닐까요?"
Sie sprach die letzten Worte laut aus
그녀는 마지막 말을 큰 소리로 했다
Und das kleine Ding grunzte als Antwort
그러자 그 작은 것이 꿀꿀거리며 대답했다
"Du verwandelst dich am besten nicht in ein Schwein, meine Liebe!" sagte Alice
"돼지로 변하지 않는 게 좋겠어, 얘야." 앨리스가 말했다
"sonst habe ich nichts mehr mit dir zu tun"
"그렇지 않으면 나는 너와 더 이상 아무 상관이 없을 거야"
Alice fing eben an, bei sich selbst zu denken:
앨리스는 이제 막 속으로 생각하기 시작했다.
»Nun, was soll ich mit diesem Geschöpf anfangen, wenn ich es nach Hause bringe?«
"이제, 이 생물을 집으로 데려오면 나는 어떻게 해야 할까?"
Aber dann grunzte das kleine Geschöpf ein wenig heftig
하지만 이내 그 작은 생물은 약간 격렬하게 꿀꿀거렸다

und Alice sah ihm erschrocken ins Gesicht
앨리스는 깜짝 놀라 놈의 얼굴을 내려다보았다
Diesmal konnte es keinen Irrtum geben
이번에는 그것에 대해 실수가있을 수 없습니다
Es war nicht mehr und nicht weniger als ein Schwein
그것은 돼지 그 이상도 이하도 아니었다
Da setzte sie das kleine Geschöpf ab
그래서 그녀는 그 작은 생물을 내려놓았다
und das kleine Geschöpf trabte leise in den Wald hinein
그리고 그 작은 생물은 조용히 숲 속으로 걸어 들어갔다
Alice war ziemlich erleichtert, als sie die Kreatur verschwinden sah
앨리스는 그 생물이 사라지는 것을 보고 꽤 안도감을 느꼈다
Alice erschrak ein wenig, als sie die Cheshire-Katze sah
앨리스는 체셔 고양이를 보고 조금 놀랐습니다
Er saß auf einem Ast eines Baumes, ein paar Meter entfernt
그것은 몇 야드 떨어진 나뭇가지에 앉아 있었다
Die Katze grinste nur, als sie sie sah
고양이는 그녀를 보자마자 씩 웃기만 했다
»Cheshire-Katze,« begann Alice etwas schüchtern
"체셔 고양이," 앨리스가 다소 소심하게 말했다
»Würden Sie mir bitte sagen, welchen Weg ich von hier aus einschlagen soll?«
"제가 여기서 어느 방향으로 가야 하는지 말씀해 주시겠습니까?"
"In diese Richtung", sagte die Katze
"그쪽으로." 고양이가 말했다
Und er fuchtelte mit der rechten Pfote herum
그리고 그것은 오른쪽 앞발을 이리저리 흔들었다
"In dieser Richtung lebt ein Hutmacher"
"그 방향에는 모자를 만드는 사람이 살고 있습니다"
Und dann winkte die Katze mit der anderen Pfote
그러고는 고양이가 다른 쪽 발을 흔들었다
"Und in dieser Richtung wohnt ein Märzhase"
"그리고 그 방향에는 행진하는 토끼가 살고 있습니다"

»Besuchen Sie, wen Sie wollen; Sie sind beide verrückt"
"당신이 좋아하는 것을 방문하십시오. 둘 다 미쳤어"
»Aber ich will nicht unter Verrückte gehen«, bemerkte Alice
"하지만 미친 사람들 틈에 끼고 싶지는 않아요."
앨리스가 말했다
"Ach, dafür kannst du nicht helfen!" sagte die Katze
"아, 그건 어쩔 수 없잖아." 고양이가 말했다
"Wir sind alle verrückt hier"
"우린 여기서 모두 화가 났어"
"Spielst du heute Krocket mit der Queen?"
"오늘도 여왕님과 크로켓 하고 계신가요?"
"Das würde ich sehr gerne!" sagte Alice
"정말 하고 싶어요." 앨리스가 말했다
"aber ich bin noch nicht eingeladen worden"
"하지만 아직 초대받지 못했습니다."
"Du wirst mich dort sehen!" sagte die Katze
"거기서 날 볼 수 있을 거야." 고양이가 말했다
Und von einem Augenblick auf den anderen verschwand
die Katze
그리고 어느 순간 고양이는 사라졌다
bald kam Alice in Sichtweite des Hauses des Märzhasen
이윽고 앨리스는 행진하는 토끼의 집을 보게 되었다
Das war ein sehr großes Haus
이 집은 매우 큰 집이었습니다
Alice wollte also nicht in die Nähe des Hauses gehen
그래서 앨리스는 집 근처에 가고 싶지 않았습니다
Zuerst musste sie noch etwas von dem linken Stück Pilz
knabbern
먼저 그녀는 버섯의 왼쪽 조각을 더 깨갏아야 했습니다

Eine verrückte Teeparty
미친 티 파티

Vor dem Haus stand ein Baum
집 앞에는 나무가 있었습니다

Und unter dem Baum stand ein Tisch
그리고 나무 아래에는 탁자가 있었다

und der Tisch war mit allerlei Besteck gedeckt
그리고 식탁에는 온갖 종류의 수저가 놓여 있었다

Der Märzhase und der Hutmacher saßen bei Tisch
3월 토끼와 모자 제작자가 식탁에 있었다

und zusammen tranken sie Tee
그리고 그들은 함께 차를 마시고 있었다

Ein Siebenschläfer saß zwischen ihnen
잠쥐 한 마리가 그들 사이에 앉아 있었다

und der Siebenschläfer schlief fest
잠쥐는 깊이 잠들어 있었다

Der Tisch war von außergewöhnlicher Größe
테이블은 특별한 크기였습니다

Aber der größte Teil des Tisches war unbesetzt
그러나 대부분의 테이블은 비어 있었습니다

Sie saßen dicht gedrängt an einer Ecke des Tisches
그들은 탁자 한쪽 구석에 옹기종기 모여 앉아 있었다

und doch entschuldigten sie sich, als sie Alice sahen
그러나 그들은 앨리스를 보고는 변명을 늘어놓았다

»Kein Platz! Kein Platz!« schrien sie
"방이 없어요! 방이 없어요!" 하고 그들은 소리쳤습니다

»Es ist viel Platz!« sagte Alice entrüstet
"자리는 충분해!" 앨리스가 분개하며 말했다

An einem Ende des Tisches stand ein großer Sessel
탁자 한쪽 끝에는 커다란 안락의자가 놓여 있었다

und Alice setzte sich in den Sessel
앨리스는 안락의자에 앉았다

Der Hutmacher riss die Augen weit auf
모자 제작자는 눈을 크게 떴다

Er konnte nicht glauben, was er da sah
그는 자신이 보고 있는 것을 믿을 수 없었다

aber sein Geist war neugierig auf andere Dinge
하지만 그의 마음은 다른 것들에 대해 궁금했다
»Warum ist ein Rabe wie ein Schreibtisch?«
"까마귀는 왜 책상 같을까?"
Alice war offen für die Herausforderung
앨리스는 도전에 열려 있었습니다
"Ich bin froh, dass sie angefangen haben, Rätsel zu stellen"
"그들이 수수께끼를 풀기 시작해서 기쁩니다."
»Ich glaube, das kann ich erraten«, fügte sie laut hinzu
"그건 제가 추측할 수 있을 것 같아요." 그녀가 큰 소리로
덧붙였다
Der Märzhase wurde neugierig auf Alice
행진하는 토끼는 앨리스에 대해 점점 더 궁금해졌다
"Glaubst du wirklich, dass du die Antwort finden kannst?"
"정말 답을 찾을 수 있다고 생각하십니까?"
»Ich glaube, ich kann die Antwort finden,« sagte Alice
"정말 답을 찾을 수 있을 것 같아." 앨리스가 말했다
»Dann sollst du sagen, was du meinst,« fuhr der Märzhase
fort
"그럼 무슨 뜻인지 말해야 해." 행진하는 토끼가 말을
이었다
»Ich sage, was ich meine,« erwiderte Alice hastig
"무슨 말인지 말이야." 앨리스가 황급히 대답했다
"Zumindest meine ich ernst, was ich sage"
"적어도 나는 내가 말하는 것을 진심으로"
"Das ist dasselbe, weißt du"
"그건 똑같잖아, 알잖아"
Auch der Siebenschläfer trug zu dem Gespräch bei
잠쥐도 대화에 기여했습니다
Aber der Siebenschläfer schien im Schlaf zu sprechen
그러나 잠쥐는 잠결에 말을 하고 있는 것 같았다
"Ich atme, wenn ich schlafe"
"나는 잘 때 숨을 쉰다"
"Ich schlafe, wenn ich atme!"
"나는 숨을 쉴 때 잠을 잔다!"
"Man könnte genauso gut sagen, dass sie auch gleich sind"

"당신도 똑같다고 말할 수 있습니다."
"So ist es auch bei dir!" sagte der Hutmacher
"너도 마찬가지야." 모자 제작자가 말했다
und er goß ein wenig Tee über die Nase des Siebenschläfers
그리고 그는 잠쥐의 코에 차를 조금 부었다
Das Murmelthier schüttelte ungeduldig den Kopf
잠쥐는 참을성 없이 고개를 저었다
Und wieder sprach das Murmelmaus, ohne die Augen zu öffnen
그리고 다시 잠쥐는 눈을 뜨지 않고 말했다
"Natürlich, natürlich ist es dasselbe"
"물론, 물론 같습니다"
"Das wollte ich ja auch sagen"
"그게 바로 내가 직접 말하려고 했던 것이야"

Der Hutmacher wandte sich an Alice und stellte eine weitere Frage
모자 제작자는 앨리스를 돌아보며 다른 질문을 했다
"Hast du das Rätsel schon erraten?"
"수수께끼는 아직 맞혔어?"
"Nein, ich gebe auf", gab Alice zu

"아뇨, 포기해요." 앨리스가 인정했다

"Was ist die Antwort?", wollte sie wissen

"답이 뭘까요?" 그녀는 알고 싶었다

»Ich habe nicht die geringste Ahnung,« sagte der Hutmacher

"아무 생각이 없어요." 모자 제작자가 말했다

"Ich weiß es auch nicht!" sagte der Märzhase

"나도 몰라." 행진하는 토끼가 말했다

Alice stieß einen müden Seufzer aus

앨리스는 지친 듯 한숨을 내쉬었다

"Es gibt eine bessere Nutzung der Zeit als Rätsel ohne Antworten"

"답이 없는 수수께끼보다 시간을 더 잘 활용할 수 있다"

»Trinken Sie noch etwas Tee,« sagte der Märzhase sehr ernst zu Alice

"차 좀 더 마셔." 3월의 토끼가 앨리스에게 매우 진지하게 말했다

Alice war ziemlich beleidigt über das Angebot

앨리스는 그 제안에 상당히 기분이 상했다

»Ich habe noch keinen Tee getrunken,« erwiderte Alice

"아직 차를 마셔본 적이 없어요." 앨리스가 대답했다

"Deshalb kann ich keinen Tee mehr trinken"

"그러므로 나는 더 이상 차를 마실 수 없다"

»Du meinst, weniger Tee kannst du nicht haben«, sagte der Hutmacher

"차를 덜 마실 수 없다는 말씀이군요." 모자 제작자가 말했다

"Es ist sehr einfach, mehr als nichts zu nehmen"

"아무것도 없는 것보다 더 많은 것을 취하는 것은 매우 쉽습니다."

Bei diesen Worten erhob sich Alice und ging fort

그러자 앨리스는 일어나 걸어 나갔다

Der Siebenschläfer schlief augenblicklich ein

잠쥐는 순식간에 잠이 들었다

und keiner der andern nahm die geringste Notiz davon, daß sie ging

그리고 다른 사람들 중 누구도 그녀가 가는 것을 조금도

눈치채지 못했다
obwohl sie ein- oder zweimal zurückblickte
한두 번은 뒤를 돌아보았지만,
Sie versuchten, den Siebenschläfer in die Teekanne zu stecken
그들은 잠쥐를 찻주전자에 넣으려고 했다
"Jedenfalls werde ich nie wieder dorthin gehen!" sagte Alice
"어쨌든, 다시는 그곳에 가지 않을 거야!" 앨리스가 말했다
Und sie ging ihren Weg durch den Wald
그리고 그녀는 숲 속을 걸었다
"Das war die dümmste Teeparty, auf der ich je war"
"그것은 내가 이제까지 가본 가장 어리석은 티 파티이었다."
Gerade als sie das sagte, bemerkte sie etwas
그녀가 이렇게 말하자마자, 그녀는 뭔가를 알아차렸다
Einer der Bäume hatte eine Tür, die direkt hineinführte
나무 한 그루에는 바로 들어갈 수 있는 문이 있었다
»Das ist sehr interessant!« dachte sie
"정말 흥미롭네요!" 그녀는 생각했다
"Ich denke, ich kann genauso gut durch die Tür gehen"
"문을 통과하는 게 좋을 것 같아요"
Und durch die Tür ging sie
그리고 그녀는 문을 통해 들어갔다
Wieder befand sie sich in der langen Halle
다시 한 번 그녀는 긴 복도에 있는 자신을 발견했다
Wieder stand sie dicht an dem kleinen Glastisch
그녀는 다시 작은 유리 탁자 가까이에 있었다
Sie nahm den kleinen goldenen Schlüssel
그녀는 작은 황금 열쇠를 가져갔습니다
und sie schloß die Tür auf, die in den Garten führte
그리고 그녀는 정원으로 통하는 문을 열었다
Dann machte sie sich daran, an dem Pilz zu knabbern
그런 다음 그녀는 버섯을 갉아먹기 시작했습니다
Sie hatte ein Stück des Pilzes in ihrer Tasche aufbewahrt
그녀는 주머니에 버섯 한 조각을 넣어 두었다

Und schließlich war sie etwa einen Meter groß
그리고 마침내 그녀의 키는 약 1미터가 되었습니다
dann ging sie den kleinen Korridor hinunter
그러고는 작은 복도를 걸어 내려갔다
Und dann fand sie sich endlich in dem schönen Garten
wieder
그리고 그녀는 마침내 아름다운 정원에 있는 자신을
발견했습니다
Und sie war zwischen den hellen Blumen und den kühlen
Springbrunnen
그녀는 밝은 꽃과 시원한 분수들 사이에 있었다

Der Krocketplatz der Königinnen
여왕의 크로켓 그라운드

Ein großer Rosenstrauch stand in der Nähe des Eingangs des Gartens

커다란 장미나무 한 그루가 정원 입구에 서 있었다

Die Rosen, die an dem Baum wuchsen, waren weiß

나무에서 자라는 장미는 하얗습니다

aber es waren drei Gärtner, die die Rose bemalten

그러나 장미를 그리는 세 명의 정원사가 있었습니다

Sie waren damit beschäftigt, die Rosen rot zu färben

그들은 장미를 빨갛게 물들이느라 바빴다.

und Alice sah zu, wie sie die Rosen rot färbten

앨리스는 그들이 장미를 빨갛게 칠하는 것을 지켜보고 있었다

und plötzlich fielen ihre Augen zufällig auf Alice

그리고 갑자기 그들의 시선이 앨리스에게 떨어졌다

Alice sprach ein wenig schüchtern

앨리스는 조금 소심하게 말했다

»Würden Sie es mir bitte sagen?«

"제발 말해 주시겠어요?"

"Warum malt ihr alle diese Rosen?"

"왜 다들 그 장미를 그리는 거야?"

Fünf und Sieben sagten nichts, sondern sahen zwei an

다섯과 일곱은 아무 말도 하지 않고 둘을 바라보았다

zwei Sprecher, mit leiser Stimme

둘이 낮은 목소리로 말했다

»Nun, die Sache ist die, sehen Sie, gnädige Frau.«

"왜, 사실은, 당신도 알다시피, 부인"

"Das hier hätte ein roter Rosenstrauch sein sollen"

"여기 있는 이 나무는 빨간 장미나무였어야 했어."

"Und wir haben aus Versehen einen weißen Rosenstrauch hineingesetzt"

"그리고 우리는 실수로 흰 장미 나무를 넣었습니다"

"Wie Sie mir zustimmen würden, darf die Königin es nicht herausfinden"

"당신도 동의하시겠지만, 여왕은 알아내지 말아야

합니다"
"Sonst würden wir uns allen die Köpfe abschneiden"
"그렇지 않으면 우리 모두 머리가 잘렸을 것입니다"
"Sie sehen also, gnädige Frau, wir tun unser Bestes"
"보시다시피, 부인, 우리는 최선을 다하고 있습니다"
Karte fünf hatte ängstlich über den Garten geschaut
카드 5는 걱정스럽게 정원 건너편을 바라보고 있었다
In diesem Augenblick rief die fünfte Karte: "Die Königin!
Die Königin!"
이 순간 카드 5가 "여왕님! 여왕님!"
und die drei Gärtner eilten augenblicklich davon
그러자 세 명의 정원사는 즉시 허둥지둥 도망쳤다
und sie warfen sich flach auf ihre Gesichter
그러자 그들은 엎드려 엎드렸다
Man hörte das Geräusch vieler Schritte
많은 발자국 소리가 들렸다
Alice sah sich um, begierig darauf, die Königin zu sehen
앨리스는 여왕을 보고 싶어 주위를 둘러보았다
Am Anfang des Zuges standen zehn Soldaten
행렬의 시작에는 10명의 군인이 있었다
Ihre Hände und Füße waren in den Ecken
그들의 손과 발은 구석에 있었다
und in ihren Händen und Füßen waren Keulen
그들의 손과 발에는 몽둥이가 있었다
Als nächstes kamen die zehn Höflinge
그 다음은 열 명의 신하들이 나섰다
die Höflinge waren über und über mit Diamanten
geschmückt
궁정인들은 온통 다이아몬드로 장식되어 있었습니다
Nach den Höflingen kamen die königlichen Kinder
신하들이 온 후에는 왕실의 자녀들이 왔습니다
Es waren zehn der königlichen Kinder
왕족의 자녀들은 열 명이었다
und alle königlichen Kinder waren mit Herzen geschmückt
그리고 모든 왕실 아이들은 하트로 장식되었습니다
Dann kamen die Gäste; Meist Könige und Königinnen

다음은 손님들이었다. 대부분 왕과 왕비

und unter den Königen und Königinnen sah Alice jemanden
그리고 왕들과 왕비 사이에서 앨리스는 누군가를 보았다

Sie sah wieder das weiße Kaninchen, das sie gejagt hatte
그녀는 자신이 쫓았던 흰 토끼를 다시 보았다

Der Prozession folgte der Spitzbube der Herzen
행렬은 마음의 칼날을 따랐습니다

Er trug die Krone des Königs
그는 왕의 면류관을 들고 있었습니다

und die Krone des Königs lag auf einem purpurnen Samtkissen
그리고 왕의 왕관은 진홍색 벨벳 쿠션 위에 있었다

Und dann kam das Ende dieser großen Prozession
그리고 나서 이 장엄한 행렬의 끝이 이르렀다

Und da waren am Ende der König und die Königin der Herzen
그리고 그 끝에는 하트의 왕과 여왕이 있었다

der Zug kam Alice gegenüber
행렬은 앨리스의 반대편에 있었다

Und alle blieben stehen und sahen sie an
그러자 그들은 모두 멈춰 서서 그녀를 바라보았다

Und die Königin sprach streng: "Wer ist das?"
그러자 여왕은 엄하게 말했다.

Sie sagte es zum Herzknaben
그녀는 마음의 칼날에게 말했다

aber er verbeugte sich nur und lächelte als Antwort
그러나 그는 그저 고개를 숙이고 미소를 지으며 대답했다

Alice sprach sehr höflich
앨리스는 매우 정중하게 말했다

"Mein Name ist Alice, also bitte, Eure Majestät"
"제 이름은 앨리스이니 폐하를 기쁘게 하십시오."

Aber sie hatte andere Gedanken für sich
하지만 그녀는 다른 생각을 하고 있었다

"Es ist doch nur ein Kartenspiel!"
"어쨌든 그건 그저 카드 팩일 뿐이니까요!"

»Kannst du Krocket spielen?« rief die Königin
"크로켓을 할 줄 아느냐?" 여왕이 소리쳤다
Die Frage war offenbar an Alice gerichtet
그 질문은 분명히 앨리스를 위한 것이었다
"Ja!" sagte Alice laut
"네!" 앨리스가 큰 소리로 말했다
"Komm also spielen!" brüllte die Königin
"그럼 놀러 오너라!" 여왕이 소리쳤다
sprach eine schüchterne Stimme zu Alice
소심한 목소리가 앨리스에게 말했다
"Es ist ein sehr schöner Tag!"
"정말 좋은 날이야!"
Sie ging an dem weißen Kaninchen vorbei
그녀는 흰 토끼 옆을 걷고 있었다
und das weiße Kaninchen guckte ihr ängstlich ins Gesicht
그리고 흰 토끼는 걱정스럽게 그녀의 얼굴을 들여다보고
있었다
»ein sehr schöner Tag,« bestätigte Alice
"정말 좋은 날이었어요." 앨리스가 단언했다
»Wo ist die Herzogin?«
"공작 부인은 어디 있지?"
»Still! Still!" sagte das Kaninchen
"쉿! 쉿!" 토끼가 말했다
"Sie ist zum Tode verurteilt"
"그녀는 사형 선고를 받고 있습니다"
»Wofür wird sie hingerichtet?« fragte Alice
"그녀는 무엇 때문에 처형되는 거죠?" 앨리스가 물었다
"Sie hat der Königin die Ohren abgewetzt", begann das
Kaninchen
"여왕의 귀를 긁었어." 토끼가 말을 꺼냈다
schrie die Königin mit Donnerstimme
여왕은 천둥 같은 목소리로 소리쳤다
"Ran an eure Plätze!"
"네 자리로 가!"
Und die Leute rannten in alle Richtungen herum
그러자 사람들이 사방으로 뛰어다니기 시작하였다

Und sie fielen alle aneinander
그리고 그들은 모두 서로 부딪혔다
Sie hatten sich jedoch in ein oder zwei Minuten beruhigt
그러나 그들은 1-2 분 안에 안정되었습니다
Und dann begann das Spiel
그리고 게임이 시작되었다
Alice hatte noch nie einen so merkwürdigen Krocketplatz gesehen
앨리스는 그렇게 신기한 크로켓 땅을 본 적이 없었다
Das Gras bestand nur aus Graten und Furchen
풀은 온통 산등성이와 고랑뿐이었다
Die Krocketbälle waren echte Igel
크로켓 공은 진짜 고슴도치였습니다
und die Schlägel waren echte Flamingos
그리고 망치는 진짜 플라밍고였습니다
und die Soldaten standen auf Händen und Füßen
군인들은 손과 발로 일어섰다
weil die Bögen aus ihren Körpern gemacht wurden
아치는 그들의 몸으로 만들어졌기 때문입니다
Die Spieler spielten alle gleichzeitig
선수들은 모두 한 번에 경기를 치렀습니다
Niemand wartete, bis er an der Reihe war
아무도 자기 차례를 기다리지 않았다
und jeder stritt sich mit jedem
그리고 모두가 모두와 다투었다
und alle kämpften für die Igel
그리고 모두가 고슴도치를 위해 싸우고 있었다
Bald geriet die Königin in eine wütende Leidenschaft
얼마 지나지 않아 여왕은 격렬한 격정에 휩싸였다
Und sie fing an, herumzustampfen und zu schreien
그러자 그녀는 발을 구르며 소리치기 시작했다
»Hacken Sie ihm den Kopf ab!«
"그의 머리를 잘라라!"
"Hack ihr den Kopf ab!"
"그녀의 머리를 잘라라!"
"Hackt ihnen alle Köpfe ab!"

"놈들의 머리를 다 잘라버려!"
Wieder dachte Alice bei sich.
앨리스는 다시 한 번 속으로 생각했다
"Sie lieben es schrecklich, hier Menschen zu enthaupten"
"놈들은 여기서 사람들을 참수하는 것을 끔찍하게
좋아해"
**"Das große Wunder ist, dass überhaupt noch jemand am
Leben ist!"**
"대단한 경이로움은 살아 있는 사람이 있다는 것이야!"
Sie sah sich nach einem Ausweg um
그녀는 탈출구를 찾고 있었다
Sie bemerkte eine merkwürdige Erscheinung in der Luft
그녀는 공중에 떠 있는 기이한 모습을 알아차렸다
»Es ist die Cheshire-Katze,« sagte sie zu sich selbst
"체셔 고양이야." 그녀는 혼잣말을 했다
"Jetzt habe ich jemanden, mit dem ich reden kann"
"이제 나는 이야기할 사람이 있을 것이다"
"Wie geht es dir?" fragte die Katze
"잘 지내고 있니?" 고양이가 말했다
**»Ich glaube nicht, daß sie ganz und gar fair spielen«, sagte
Alice**
"나는 그들이 전혀 공정하게 플레이한다고 생각하지
않아." 앨리스가 말했다
Und sie hatte einen ziemlich klagenden Ton
그리고 그녀는 다소 불평하는 어조를 가지고 있었다
"Sie streiten sich alle so fürchterlich"
"그들이 모두 심히 다투는도다"
"Man hört sich selbst nicht sprechen"
"사람은 자기 자신이 말하는 것을 들을 수 없다"
**"Und sie scheinen sich nicht an irgendwelche Regeln zu
halten"**
"그리고 그들은 어떤 규칙도 지키지 않는 것 같습니다."
die Katze stellte Alice mit leiser Stimme eine Frage
고양이는 앨리스에게 낮은 목소리로 물었다
"Wie gefällt dir die Königin?"
"여왕님은 어때요?"

»Ich mag sie gar nicht,« sagte Alice
"나는 그녀를 전혀 좋아하지 않아." 앨리스가 말했다

Alice dachte, sie könnte genauso gut zurückgehen
앨리스는 돌아가는 게 나을지도 모른다고 생각했다
Sie wollte sehen, wie das Spiel läuft
그녀는 게임이 어떻게 진행되고 있는지 보고 싶었다
Sie machte sich auf die Suche nach ihrem Igel
그녀는 고슴도치를 찾아 떠났습니다
Der Igel war damit beschäftigt, gegen einen anderen Igel zu kämpfen
고슴도치는 다른 고슴도치와 싸우느라 바빴습니다
Das war eine ausgezeichnete Gelegenheit
이것은 좋은 기회였습니다
Sie konnte einen Igel mit dem anderen krocketen
그녀는 고슴도치 한 마리와 다른 고슴도치를 고슴도치를 잡을 수 있었다
Aber ihr Flamingo war auf der anderen Seite des Gartens
하지만 그녀의 플라밍고는 정원 반대편에 있었습니다
Der Flamingo war ziemlich tollpatschig

플라밍고는 다소 서툴렀습니다
Ihr Flamingo versuchte, gegen einen Baum zu fliegen
그녀의 플라밍고는 나무 위로 날아오르려고 했습니다
Sie packte den Flamingo am Bein
그녀는 플라밍고의 다리를 잡았다
Und sie schob sich den Flamingo unter den Arm
그리고 그녀는 플라밍고를 겨드랑이에 끼워 넣었다
So konnte der Flamingo nicht mehr entkommen
그렇게 하면 플라밍고는 다시는 도망칠 수 없습니다
In diesem Augenblick traf Alice zufällig die Herzogin
바로 그때 앨리스는 우연히 공작 부인을 만났습니다
Die Herzogin war nun aus dem Gefängnis entlassen worden
공작 부인은 이제 감옥에서 나왔다
Sie schob ihren Arm liebevoll unter Alices Arm
그녀는 다정하게 앨리스의 팔 밑으로 팔을 집어넣었다
Und dann gingen sie zusammen fort
그리고 그들은 함께 걸어 나갔다
Alice war sehr froh, sie in so angenehmer Laune zu finden
앨리스는 그녀가 그렇게 유쾌한 태도를 보이는 것을
보고 매우 기뻤다
Sie erschrak jedoch ein wenig
하지만 그녀는 조금 놀랐다
Sie hörte die Stimme der Herzogin dicht an ihrem Ohr
그녀는 귀에 가까운 공작 부인의 목소리를 들었다
"Du denkst über etwas nach, meine Liebe"
"너 뭔가에 대해 생각하고 있잖아, 얘야"
"Und das lässt dich das Reden vergessen"
"그리고 그것은 당신이 말하는 것을 잊게 만듭니다"
»Das Spiel geht jetzt etwas besser«, sagte Alice
"이제 게임이 좀 좋아졌어." 앨리스가 말했다
Es war eine Möglichkeit, das Gespräch am Laufen zu halten
그것은 대화를 계속하는 한 가지 방법이었습니다
»So ist es,« sagte die Herzogin
"정말 그렇습니다." 공작 부인이 말했다
"Und die Moral davon ist folgende."
"그리고 그 교훈은 이것입니다 :"

"Es ist die Liebe, die alles macht!"
"모든 것을 하는 것은 사랑입니다!"
"Liebe ist das, was die Welt bewegt"
"사랑은 세상을 돌아가게 하는 것입니다"
Alice hatte eine andere Erklärung
앨리스는 또 다른 설명을 했다
"Das macht jeder, der sich um seine eigenen
Angelegenheiten kümmert!"
"다들 자기 일에 신경을 써서 하는 거야!"
»Ah, gut! Du könntest Recht haben"
"아, 글쎄요! 당신이 옳을 수 있습니다"
»Es bedeutet alles ziemlich dasselbe,« sagte die Herzogin
"모두 같은 의미입니다." 공작부인이 말했다
und sie grub ihr spitzes kleines Kinn in Alices Schulter
그리고 그녀는 날카로운 작은 턱을 앨리스의 어깨에
파고들었다
"Und die Moral davon ist folgende"
"그리고 그 교훈은 이것입니다"
"Kümmere dich um die Sinne"
"감각을 돌보십시오"
"Und dann erledigen sich die Klänge von selbst"
"그러면 소리는 저절로 해결될 것입니다"
Aber dann fing der Arm der Herzogin an zu zittern
하지만 이내 공작부인의 팔이 떨리기 시작했다
Alice blickte auf und da stand die Königin
앨리스가 고개를 들었을 때, 여왕이 서 있었다
Die Königin hatte die Arme verschränkt
여왕은 팔짱을 끼었다
Und sie runzelte die Stirn wie ein Gewitter!
그리고 그녀는 천둥 번개처럼 얼굴을 찌푸리고
있었습니다!
»Ich warne dich!« schrie die Königin
"공정한 경고를 주겠다." 여왕이 소리쳤다
Und sie stampfte auf den Boden, während sie sprach
그리고 그녀는 말하면서 땅을 쿵쿵 밟았다
"Entweder dein Kopf oder ihr Kopf muss ausgeschaltet sein"

"당신의 머리나 그녀의 머리가 떨어져 있어야 합니다"
"Treffen Sie Ihre Wahl!"
"너의 선택을 받아라!"
"Und beeilen Sie sich"
"그리고 그 일에 속히 대처하라"
Die Herzogin traf ihre Wahl
공작 부인은 선택을 했다
und in einem Augenblick war die Herzogin verschwunden
그리고 순식간에 공작 부인은 사라졌다
Da sprach die Königin zu Alice
그런 다음 여왕은 앨리스에게 말했습니다
"Weiter geht's mit dem Spiel"
"게임을 계속합시다"
Alice war zu erschrocken, um ein Wort zu sagen
앨리스는 너무 무서워서 아무 말도 할 수 없었어요
und langsam folgte sie ihrem Rücken zum Krocketplatz
그리고 그녀는 천천히 그녀를 따라 크로켓 땅으로 갔다
Die ganze Zeit stritt sich die Dame mit den anderen Spielern
내내 여왕은 다른 플레이어들과 다툼을 벌였다
»Hacken Sie ihm den Kopf ab!«
"그의 머리를 잘라라!"
"Hack ihr den Kopf ab!"
"그녀의 머리를 잘라라!"
"Hackt ihnen alle Köpfe ab!"
"놈들의 머리를 다 잘라버려!"
Bald waren alle Spieler in Gewahrsam
얼마 지나지 않아 모든 선수들이 구금되었다
nur der König, die Königin und Alice blieben zurück
왕과 왕비, 그리고 앨리스만이 남았다
Da ging die Königin, ganz außer Atem
그러고는 여왕이 숨을 몰아쉬며 떠났다
und sie ging mit Alice fort
그리고 그녀는 앨리스와 함께 떠났다
Alice hörte, wie der König leise etwas sagte
앨리스는 왕이 조용히 뭐라고 말하는 것을 들었다
"Ihr seid alle begnadigt"

"여러분 모두 용서받았습니다"
aber plötzlich hörte man einen neuen Schrei
그런데 갑자기 또 다른 외침이 들렸다
"Der Prozess beginnt!"
"재판이 시작되고 있다!"
und Alice lief mit den andern
앨리스는 다른 사람들과 함께 달렸다

Wer hat die Torten gestohlen?
누가 타르트를 훔쳤습니까?

Der Herzkönig und die Herzkönigin saßen
마음의 왕과 여왕이 앉아 있었다

sie saßen auf ihrem Thron, als Alice ankam
앨리스가 도착했을 때 그들은 왕좌에 앉아 있었습니다

Eine große Menschenmenge war um sie herum versammelt
그들 주위에는 큰 무리가 모여 있었다

Es gab allerlei kleine Vögel und Bestien
온갖 종류의 작은 새와 짐승들이 있었습니다

Und da war das ganze Kartenspiel
그리고 거기에는 전체 카드 팩이 있었습니다

Der Spitzbube stand in Ketten vor ihnen
칼은 쇠사슬에 묶인 채 그들 앞에 서 있었다

und auf jeder Seite war ein Soldat, der ihn bewachte
그리고 양편에 그를 지키는 군인이 있었다

in der Nähe des Königs war das weiße Kaninchen
왕 곁에는 흰 토끼가 있었다

Er hatte eine Trompete in der einen Hand
그는 한 손에 트럼펫을 들고 있었다

Und in der andern Hand hielt er eine Pergamentrolle
그리고 다른 손에는 양피지 두루마리를 들고 있었다

In der Mitte des Platzes stand ein Tisch
코트 한가운데에는 탁자가 놓여 있었다

Auf dem Tisch stand eine große Schüssel mit Torten
탁자 위에는 커다란 타르트 접시가 놓여 있었다

**"Ich wünschte, sie würden den Prozess zu Ende bringen",
dachte Alice**
"그들이 재판을 끝내줬으면 좋겠어." 앨리스는 생각했다

"Dann könnten wir etwas von diesen Erfrischungen essen!"
"그럼 그 다과를 좀 먹을 수 있겠어!"

Der Richter war übrigens der König
그런데 재판관은 왕이었습니다
und er trug seine Krone über seiner großen Perücke
그는 큰 가발 위에 왕관을 썼다
»Das ist die Loge der Geschworenen!« dachte Alice
"저게 배심원 상자야." 앨리스는 생각했다
"Und diese zwölf Geschöpfe, ich nehme an, sie sind die Geschworenen"
"그리고 그 열두 생물들, 그들이 배심원들인 것 같군"
einige waren Tiere, andere waren Vögel
일부는 동물이었고 일부는 새였습니다
In diesem Augenblick schrie das weiße Kaninchen auf
바로 그때 흰 토끼가 소리쳤습니다
"Schweigen im Gericht!"
"법정에서의 침묵!"
»Herold, lesen Sie die Anklage!« sagte der König
"전령이여, 고발장을 읽어 보시오!" 왕이 말했다
Das weiße Kaninchen blies drei Stöße auf die Trompete
흰 토끼는 나팔을 세 번 불었다
dann entrollte er die Pergamentrolle

그러고는 양피지 두루마리를 펼쳤다

Und er las folgendes:

그는 다음과 같이 읽었다.

"Die Königin der Herzen, sie hat ein paar Torten gebacken."

"하트의 여왕, 그녀는 타르트를 만들었습니다."

"All das tat sie an einem Sommertag"

"이 모든 일을 그 여자는 여름날에 하였다"

"Der Schurke der Herzen, er hat diese Torten gestohlen"

"마음의 칼날, 그는 그 타르트를 훔쳤다"

"Und er hat diese Torten weit weg gebracht!"

"그리고 그는 그 타르트를 멀리 가져갔어!"

»Rufen Sie den ersten Zeugen,« sagte der König

"첫 번째 증인을 불러라." 왕이 말했다

und das weiße Kaninchen blies drei Stöße auf die Trompete

그리고 흰 토끼는 나팔을 세 번 불었다

»Bringt den ersten Zeugen!« rief er

"첫 번째 증인을 데려오라!" 그가 소리쳤다

Der erste Zeuge war der Hutmacher

첫 번째 증인은 모자 제작자였습니다

Er kam mit einer Teetasse in der einen Hand herein

그는 한 손에 찻잔을 들고 들어왔다

Und in der anderen Hand hatte er ein Stück Brot und Butter

그리고 다른 손에는 빵과 버터 한 조각을 들고 있었다

»Du hättest fertig sein sollen,« sagte der König

"그대는 마땅히 끝냈어야 했다." 왕이 말했다

"Wann hast du angefangen?"

"언제부터 시작하셨어요?"

Der Hutmacher schaute sich den Märzhasen an

모자 제작자는 행진하는 토끼를 바라보았다

Der Märzhase war ihm in den Hof gefolgt

행진의 토끼는 그를 따라 궁정으로 들어갔다

Er war Arm in Arm mit dem Siebenschläfer gegangen

그는 잠쥐와 팔짱을 끼고 걸었다

»Ich glaube, es war der vierzehnte März«, sagte er

"3월 14일이었던 것 같아요." 그가 말했다

»Geben Sie Ihre Aussage,« sagte der König

"증거를 내놓으라." 왕이 말했다

"Und sei nicht nervös, sonst lasse ich dich auf der Stelle hinrichten"

"긴장하지 마. 그렇지 않으면 그 자리에서 처형할 거야"

Das schien den Zeugen überhaupt nicht zu ermutigen

이것은 그 증인에게 전혀 격려가 되지 않는 것 같았다

Er rutschte immer wieder von einem Fuß auf den anderen

그는 한 발에서 다른 발로 계속 움직였다

und er sah die Königin unruhig an

그리고 그는 불안한 눈빛으로 여왕을 바라보았다

und in seiner Verwirrung biß er ein großes Stück aus seiner Teetasse

그리고 혼란에 빠진 그는 찻잔에서 큰 조각을 깨물었다

Eigentlich wollte er von seinem Brot und seiner Butter beißen

실제로 그는 빵과 버터를 한 입 베어 물려고 했습니다

In diesem Augenblick fühlte Alice eine sehr merkwürdige Empfindung

바로 이 순간 앨리스는 매우 이상한 느낌을 받았다

Sie fing an, wieder größer zu werden

그녀는 다시 커지기 시작했다

Der unglückliche Hutmacher ließ seine Teetasse fallen

비참한 모자 제작자는 찻잔을 떨어뜨렸다

und das Brot und die Butter fielen zu Boden

그러자 빵과 버터가 땅에 떨어졌다

und er fiel auf die Knie

그리고 그는 한쪽 무릎을 꿇었다

»Ich bin ein armer Mann, Eure Majestät,« begann er

"저는 불쌍한 사람입니다, 폐하." 그가 말을 시작했다

»Du bist ein sehr schlechter Redner,« sagte der König

"그대는 말을 잘 못하네." 왕이 말했다

»Du darfst gehen,« sagte der König

"가셔도 됩니다." 왕이 말했다

und der Hutmacher verließ eilig den Hof

그리고 모자 제작자는 황급히 코트를 떠났다

»Rufen Sie den nächsten Zeugen her!« sagte der König

"다음 증인을 불러라!" 왕이 말했다
Der nächste Zeuge war die Köchin der Herzogin
다음 증인은 공작 부인의 요리사였습니다
Sie trug die Pfefferdose in der Hand
그녀는 손에 후추 상자를 들고 있었다
Und die Leute in der Nähe der Tür fingen auf einmal an zu niesen
그러자 문 근처에 있던 사람들이 일제히 재채기를 하기 시작했다
»Geben Sie Ihre Aussage,« sagte der König
"증거를 내놓으라." 왕이 말했다
»Ich will nichts beweisen,« sagte die Köchin
"증거를 제시하지 않겠다." 요리사가 말했다
Der König sah das weiße Kaninchen ängstlich an
왕은 걱정스러운 눈빛으로 흰 토끼를 바라보았다
Und das weiße Kaninchen sprach mit leiser Stimme
그리고 흰 토끼는 조용한 목소리로 말했다
"Eure Majestät müssen diesen Zeugen ins Kreuzverhör nehmen"
"폐하께서는 이 증인을 반대 심문하셔야 합니다."
»Nun, wenn ich muß, so muß ich,« sagte der König
"글쎄요, 꼭 해야 한다면, 해야만 합니다." 왕이 말했다
"Woraus bestehen Torten?"
"타르트는 무엇으로 만들어지나요?"
»Torten werden meistens aus Pfeffer gemacht«, sagte die Köchin
"타르트는 대부분 후추로 만듭니다." 요리사가 말했다
Einige Minuten lang war der ganze Hof in Verwirrung
몇 분 동안 법정 전체가 혼란에 빠졌다
Schließlich ließen sie sich alle wieder nieder
결국 그들은 모두 다시 정착했다
Aber da war die Köchin schon verschwunden
하지만 그때는 이미 요리사가 사라진 뒤였다
»Macht nichts!« sagte der König
"신경 쓰지 마!" 왕이 말했다
"Rufen Sie den nächsten Zeugen in den Zeugenstand"

"다음 증인을 단상으로 부르십시오"

Alice beobachtete das weiße Kaninchen, wie es an der Liste herumfummelte

앨리스는 흰 토끼가 목록을 더듬거리는 것을 지켜보았다

Sie können sich vorstellen, wie überrascht sie war, als sie das hörte, was sie als nächstes hörte

그 여자가 다음에 들은 내용을 듣고 얼마나 놀랐을지 상상할 수 있을 것입니다

Mit lauter schriller kleiner Stimme rief er den Namen »Alice!«

그는 날카롭고 작은 목소리로 "앨리스"라는 이름을 불렀다.

Alices Beweise
앨리스의 증거

»Hier!« rief Alice
"여기요!" 앨리스가 소리쳤다
Sie sprang in großer Eile auf
그녀는 황급히 벌떡 일어났다
und sie kippte die Geschworenenloge um
그리고 그녀는 배심원석을 뒤집어 엎었다
und sie warf alle Geschworenen um
그리고 그녀는 모든 배심원들을 넘어뜨렸습니다
und sie fielen auf die Köpfe der Menge unten
그리고 그들은 아래에 있는 군중의 머리 위로 떨어졌다
Alice war in großer Bestürzung
앨리스는 몹시 당황스러웠다
»Oh, ich bitte um Verzeihung!« rief sie aus
"아, 용서를 구합니다!" 그녀가 외쳤다
»Der Prozeß kann nicht fortgesetzt werden,« sagte der König
"재판은 진행할 수 없습니다." 왕이 말했다
"Die Geschworenen müssen wieder an ihre angestammten
Plätze zurückkehren"
"배심원들은 제자리로 돌아가야 한다"
Er wiederholte den Befehl mit großem Nachdruck
그는 매우 강조하여 그 명령을 반복했다
und er sah Alice streng an
그는 앨리스를 엄하게 바라보았다
"Was weißt du über diese Ereignisse?" fragte der König
Alice
"너는 이 사건들에 대해 뭘 알고 있니?" 왕이 앨리스에게
물었다
»Ich weiß nichts von der Sache,« sagte Alice
"나는 그 주제에 대해 아무것도 몰라." 앨리스가 말했다
Dann las der König aus seinem Buch vor
그런 다음 왕은 그의 책을 읽었습니다
"Regel zweiundvierzig"
"규칙 42"
"Alle Personen, die mehr als eine Meile hoch sind, sollen

das Gericht verlassen"

"1마일 이상의 높이에 있는 사람은 모두 법정을 떠나야 한다"

»Ich bin keine Meile hoch,« sagte Alice

"저는 키가 1마일도 안 돼요." 앨리스가 말했다

»Fast zwei Meilen hoch,« sagte die Königin

"거의 2마일 높이입니다." 여왕이 말했다

»Nun, ich weigere mich zu gehen,« sagte Alice

"글쎄요, 저는 가지 않겠어요." 앨리스가 말했다

Der König erbleichte

왕의 얼굴이 창백해졌다

und er schloß hastig sein Notizbuch

그리고 그는 황급히 수첩을 닫았다

»Überlegen Sie sich Ihr Urteil«, sagte er zu den Geschworenen

"당신의 평결을 생각해 보십시오." 그는 배심원들에게 말했다

Er sprach mit leiser, zitternder Stimme

그는 낮고 떨리는 목소리로 말했다

Da sprach das weiße Kaninchen

그러자 흰 토끼가 말했다

"Es werden noch mehr Beweise kommen"
"아직 더 많은 증거가 있습니다"
und er sprang in großer Eile auf
그리고 그는 황급히 벌떡 일어났다
"Dieses Papier wurde gerade abgeholt"
"이 논문은 방금 주워졌습니다"
"Es scheint ein Brief des Gefangenen zu sein"
"죄수가 쓴 편지인 것 같다"
Er faltete das Papier auseinander, während er sprach
그는 말하면서 종이를 펼쳤다
"Es ist doch kein Brief"
"어쨌든 편지가 아니니까요"
"Was es war, war eine Reihe von Versen"
"그것이 무엇이었는지는 일련의 구절들이었다"
»Bitte, Eure Majestät,« sagte der Spitzbube
"제발, 폐하." 칼날이 말했다
"Ich habe diese Verse nicht geschrieben"
"나는 그 구절들을 쓰지 않았다"
"und sie können nicht beweisen, dass ich etwas geschrieben habe"
"그리고 그들은 내가 아무것도 썼다는 것을 증명할 수 없습니다"
"Am Ende ist kein Name unterschrieben"
"끝에 서명된 이름이 없습니다."
Der König sprach mit dem Spitzbuben
왕은 칼에게 말했다
"Du musst vorgehabt haben, Unheil anzurichten"
"뭔가 장난을 치려고 했나 봐"
"Sonst hättest du wie ein ehrlicher Mann unterschrieben"
"그렇지 않았다면 당신은 정직한 사람처럼 당신의 이름을 서명했을 것입니다."
Es gab ein allgemeines Händeklatschen
대체로 손뼉이 치지 않았다
Und der König wandte sich an das weiße Kaninchen
왕은 흰 토끼에게로 돌아섰다
»Lest die Verse!« befahl er.

"그 구절들을 읽어 보시오." 그가 명령하였다
Es herrschte Totenstille im Gerichtssaal
법정에는 죽은 듯 침묵이 흘렀다
und das weiße Kaninchen las die Verse vor
그리고 흰 토끼는 그 구절들을 읽어 주었다
Sie sagten mir, du wärst bei ihr gewesen
그들은 당신이 그녀에게 가본 적이 있다고 말했습니다
Und sie erwähnten mich ihm gegenüber
그리고 그들은 그에게 나를 언급했다
Sie gab mir einen guten Charakter
그녀는 나에게 좋은 성격을 주었다
Aber sie sagte, ich könne nicht schwimmen
하지만 어머니는 제가 수영을 못한다고 말씀하셨습니다
Er ließ ihnen wissen, dass ich nicht gegangen sei
그는 내가 가지 않았다는 말을 그들에게 보냈다
Wir wissen, dass es wahr ist
우리는 그것이 참되다는 것을 압니다
Wenn sie die Sache vorantreiben sollte, was würde aus dir werden?
만약 그녀가 그 일을 밀어붙인다면, 당신은 어떻게 될 것인가?
Ich gab ihr einen, sie gaben ihm zwei
나는 그녀에게 하나를 줬고, 그들은 그에게 두 개를 주었다
Du hast uns drei oder mehr gegeben
당신은 우리에게 세 개 이상을 주었습니다
Sie sind alle von ihm zu dir zurückgekehrt
그들은 모두 그에게서 너희에게로 돌아왔다
obwohl sie vorher meine waren
비록 그들이 전에 내 것이었지만
Wenn ich oder sie die Chance haben sollte,
나 또는 그녀가 기회가 있다면
Wenn ich oder sie in diese Affäre verwickelt wäre
만약 나나 그녀가 이 사건에 연루되었다면
Er vertraut auf dich, dass du sie befreien wirst
그분은 당신이 그들을 자유롭게 하실 것을 신뢰하십니다

Genau so wie wir waren
우리가 그랬던 것처럼
Ich hatte den Eindruck, dass Sie
내 생각에는 당신이 그랬다는 것입니다.
Bevor sie diesen Anfall hatte
그녀가 이 핏을 갖기 전에는
Ein Hindernis, das dazwischen kam
그 사이에 끼어든 장애물
Er und wir und es
그, 그리고 우리 자신, 그리고 그것
Lass ihn nicht wissen, dass sie ihr am besten gefallen haben
그녀가 그들을 가장 좋아한다는 것을 그에게 알리지
마십시오
**Denn dies muss für immer ein Geheimnis bleiben, das vor
allen anderen verborgen bleibt**
이것은 영원히 비밀이 되어야 하며, 다른 모든
것으로부터 비밀이 되어야 하기 때문이다
**Dieses Geheimnis muss ein Geheimnis zwischen dir und
mir bleiben**
이 비밀은 너와 나 사이의 비밀로 남아 있어야 한다
Der König war sehr beeindruckt
왕은 매우 감명을 받았습니다
**"Das ist das wichtigste Beweisstück, das wir bisher gehört
haben"**
"그것이 우리가 지금까지 들어본 가장 중요한
증거입니다."
**»Ich glaube nicht, daß diese Verse auch nur ein Atom
Bedeutung haben,« wandte Alice ein**
"나는 그 구절들이 어떤 의미를 담고 있다고 생각하지
않아요." 앨리스가 이의를 제기했다
**der König hatte seine eigene Meinung zu dieser
Angelegenheit**
왕은 그 문제에 대해 자기 나름대로의 견해를 가지고
있었다
**"Wenn diese Worte keinen Sinn haben, erspart das eine
Menge Ärger"**

"그 말에 의미가 없다면, 그것은 세상의 문제를 구할 수 있습니다."

"Dann brauchen wir nicht zu versuchen, den Sinn zu finden"

"그렇다면 우리는 의미를 찾으려고 노력할 필요가 없습니다"

"Lassen Sie die Geschworenen über ihr Urteil nachdenken"

"배심원들이 그들의 평결을 고려하게 하라"

»Nein, nein!« sagte die Königin

"안 돼, 안 돼!" 여왕이 말했다

"Erst die Verurteilung, dann das Urteil"

"먼저 선고하고, 그 후에 판결을 내린다"

"Zeug und Unsinn!" sagte Alice laut

"말도 안 되는 소리야!" 앨리스가 큰 소리로 말했다

"Wie dumm ist es, den Angeklagten zuerst zu verurteilen!"

"피고인에게 먼저 형을 선고하는 것은 얼마나 어리석은 일인가!"

»Schweige!« sagte die Königin und färbte sich violett an

"입 다물고 있어!" 여왕이 보라색으로 변하며 말했다

"Ich werde nicht den Mund halten!" sagte Alice

"나는 내 혀를 참지 않을 거야!" 앨리스가 말했다

schrie die Königin aus voller Kehle
여왕은 목청껏 소리쳤다
"Hack ihr den Kopf ab!"
"그녀의 머리를 잘라라!"
Niemand machte eine Bewegung
아무도 움직이지 않았다
"Wen kümmert es, was du sagst?" sagte Alice
"네가 무슨 말을 하든 누가 신경 써?" 앨리스가 말했다
Zu diesem Zeitpunkt war sie bereits zu ihrer vollen Größe
herangewachsen
이때쯤 그녀는 다 자란 몸집이 다 컸다
"Du bist nichts als ein Kartenspiel!"
"넌 그저 카드 뭉치일 뿐이야!"
Bei diesen Worten hoben sich alle Karten in die Luft
그러자 모든 카드가 공중으로 솟아올랐다
und alle Karten flogen auf sie herab
그러자 모든 카드가 그녀에게 날아들었다
Sie stieß einen kleinen Schrei aus
그녀는 작게 비명을 질렀다
Sie war halb erschrocken, aber auch wütend
그녀는 반쯤 두려웠지만, 한편으로는 화가 났다
Und sie versuchte, sich gegen die Karten zu wehren
그리고 그녀는 자신에게서 카드와 싸우려고
노력했습니다
Und dann fand sie sich auf der Grasbank liegend
그리고 그녀는 풀밭에 쓰러져 있는 자신을 발견했다
Ihr Kopf lag im Schoß ihrer Schwester
그녀의 머리는 언니의 무릎에 있었다
Einige abgestorbene Blätter waren auf ihrem Gesicht
gelandet
죽은 나뭇잎 몇 장이 그녀의 얼굴에 떨어졌다
und ihre Schwester wischte vorsichtig die Blätter weg
그리고 그녀의 여동생은 나뭇잎을 부드럽게 털어내고
있었다
»Wach auf, liebe Alice!« sagte die Schwester
"일어나, 앨리스!" 언니가 말했다

"Was für einen langen Schlaf hast du gehabt!"
"참 오래 잤구나!"
"Oh, ich habe so einen merkwürdigen Traum gehabt!" sagte Alice
"아, 정말 신기한 꿈을 꿨어요!" 앨리스가 말했어요
Und sie erzählte ihrer Schwester alles, woran sie sich erinnern konnte
그리고 그녀는 언니에게 자신이 기억할 수 있는 모든 것을 말해 주었다
all die seltsamen Abenteuer, von denen Sie gerade gelesen haben
당신이 방금 읽은 모든 이상한 모험
Alice stand auf und rannte davon
앨리스는 일어나서 도망쳤다
Und während sie lief, dachte sie an ihren Traum
그녀는 달리는 동안 자신의 꿈에 대해 생각했다
"Was für ein wunderbarer Traum das gewesen war!"
"얼마나 멋진 꿈이었던가!"